세상을 읽는 이야기

세상을 읽는 이야기

서정오 글

보리

생각하면서 읽어도 좋고,
재미 삼아 읽어도 좋은 이야기들

나는 옛이야기를 좋아해서, 틈만 나면 듣고 읽고 다시씁니다. 그러다 보면 가끔은 옛이야기처럼 재미난 이야기를 내 손으로 지어 보고 싶을 때도 있습니다. 그러나 그것이 말처럼 쉬운 일은 아니기에, 옛이야기와 비슷하면서도 결이 조금 다른 '우화'라는 틀을 빌려 이야기를 써 보면 어떨까 생각했습니다. 이미 세상에 나온 우화들이 다 재미있고 마음에 들어서, 그것을 흉내 내어 보고 싶은 마음도 있었습니다.

알다시피 '우화'란 세상일을 꼬집거나 일깨우려고 만든 이야기입니다. 말하자면 '세상을 읽는' 이야기라고 할 수 있지요. 대놓고 말하기 어려울 때, 또는 뭔가 힘주어 말하고 싶을 때 사람들은 흔히 무언가에 빗대어 말하곤 하지요. 이 책에 실린 이야기도 다 그렇게 현실을 빗대어 쓴 것입니다. 하지만 각각의 이야기가 무엇을 빗대었느냐에 정답은 없습니다. 누군가 나더러

빗댄 대상이 뭐냐고 묻는다면, '당신이 생각하는 것이 바로 정답'이라고 말하겠습니다.

이야기는 크게 다섯 묶음으로 나누어 놓았습니다. 1부는 뭔가를 많이 가진 사람들을 풍자하는 이야기 모음입니다. 돈이나 권력이나 지식 같은 것을 남보다 많이 가진 이른바 '기득권자'들은, 흔히 자기가 남보다 잘나서 그런 줄 알고 몹시 으스대지요. 그 어리석음에 코웃음 한번 날려 주고 싶었습니다.

2부에는 요새 세상, 이른바 문명 세상에 딴죽을 거는 이야기를 모아 놨습니다. 많은 사람들이 오늘날을 가리켜 과학과 산업이 크게 발전한 시대라고 말하지만, 그래서 정말로 우리 삶도 그만큼 나아졌는가요? 지금이야말로 무엇이 문명이고 발전인가 하는 근본 물음이 필요한 때인 것 같습니다.

3부는 세태를 꼬집는 이야기들입니다. 오늘날 우리 사는 세상은 반듯한 곳도 있지만 일그러지고 뒤틀린 곳도 많지요. 그 일그러짐과 뒤틀림을 만든 우리 삶과 생각이 무엇인지를 한번 돌아보자는 뜻으로 이런 이야기를 썼습니다.

4부에는 세상의 약자들과 나누고 싶은 이야기가 들어 있습니다. 이 세상은 잘난 몇몇 사람이 아니라, 가난하고 평범하고 약하고 어리고 뒤처진 많은 사람들이 함께 만들어 나가는 것이지요. 이 당연한 사실을 다시 확인하고 일깨우고 싶은 마음에서 쓴 이야기들입니다.

5부는 이미 알려진 옛이야기를 비틀어 쓴 이야기(패러디) 묶음입니다. 본이 되는 이야기와는 아주 다른 눈길로 본 이야기들로서, 내 딴에는 세상 보는 눈을 좀 넓혀 보자는 뜻으로 썼는

데 어떨지 모르겠습니다. '원본'이라는 말은 역설로 이해해야 합니다.

이렇게 묶어 놓긴 했지만, 그 묶은 끈은 매우 느슨해서 경계가 뚜렷하지 않습니다. 쉰 가지나 되는 이야기를 그저 죽 늘어놓기가 미안해서 대강 덩어리 지어 놓은 것이니, 큰 의미를 둘 필요는 없습니다.

이야기는 모두 짤막짤막해서 부담 없이 읽을 수 있을 것입니다. 우리 현실을 이모저모 살피고 생각하면서 읽으면 더욱 좋겠지요. 하지만 너무 깊이 생각하다 보면 골치가 아파질지도 모르니, 그냥 가벼운 마음으로 재미 삼아 읽어도 좋습니다.

서정오

차례

4부

소문의 주인공이 되는 법

5부

'원본' 임금님 귀는 당나귀 귀

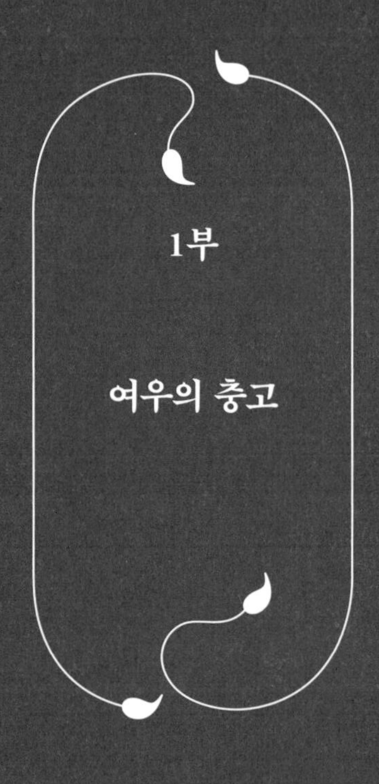

1부

여우의 충고

호랑이의 직함

숲속 짐승 나라에 호랑이 한 마리가 살았습니다. 아, 너무 흔한 얘기라고 지레 실망할 건 없습니다. 들어 보면 그런대로 재미가 있을지도 모르니까요.

호랑이는 힘이 세어서 다른 짐승들을 다스렸습니다. 그런데 성질이 사나워 조금만 수가 틀려도 심술을 부려 대는 바람에 다른 짐승들은 늘 벌벌 떨며 살았습니다.

하루는 족제비가 호랑이를 만나, 호랑이 비위를 맞추려고 이렇게 말했습니다.

"산중호걸님 밤새 잘 주무셨습니까?"

"뭐라고? 산중호걸? 어 거참, 허허허."

호랑이는 산중호걸이라는 새 이름을 무척 좋아했습니다.

그날부터 숲속 나라 짐승들은 아무도 호랑이를 '호랑이'라고 부르지 않았습니다. 다들 '산중호걸님'이라고 불렀지요. 그러면 호랑이는 기분이 좋아서 껄껄 웃었습니다.

어쩌다가 깜빡 잊고 예전처럼 '호랑이님' 하고 부르는 짐승도 있었는데, 그럴 때는 어김없이 짜증 섞인 불호령이 떨어졌습니다.

"내 이름이 무슨 강아지 이름이더냐? 아무 놈이나 함부로 부르게."

아무튼 '산중호걸'이라는 새 이름 덕분에 호랑이는 성질이 누그러져 심술을 덜 부렸습니다. 따라서 숲속에 평화가 찾아왔습니다.

그런데 이 평화는 얼마 못 가 곧 깨어졌습니다. 호랑이가 또다시 슬슬 심술을 부리기 시작했기 때문이지요.

눈치 빠른 여우가 얼른 호랑이가 좋아할 만한 새로운 이름을 지어 바쳤습니다.

"산중호걸 야생동물위원장님, 밤새 잘 주무셨습니까?"

아니나 다를까, 호랑이 얼굴이 활짝 펴졌습니다.

"응? 뭐 그런……, 에헴, 허허허."

그날부터 숲속 나라 짐승들은 모두 호랑이를 '산중호걸 야생동물위원장'이라고 불렀습니다. 그 말을 들을 때마다 호랑이는 기분 좋게 껄껄 웃었고, 따라서 심술도 덜 부렸습니다. 숲속 나라에는 다시 평화가 찾아왔습니다.

얼마 못 가 호랑이 심술이 또 나올 낌새가 보이자, 숲속 나라 짐승들은 누가 먼저랄 것도 없이 새로운 이름을 지어 불렀습니다.

"산중호걸 야생동물위원장 숲속평화유지단장님, 밤새 잘 주무셨습니까?"

"뭐? 허허 그것참, 뭐 그렇게까지……."

하지만 호랑이 입은 어느새 헤벌어졌습니다.

얼마 뒤 호랑이 이름은 더 길어졌습니다.

"산중호걸 야생동물위원장 숲속평화유지단장 천지만물공동번영회장님, 밤새 잘 주무셨습니까?"

"응? 거 뭐 그럴듯하긴……, 허허허."

또 얼마 뒤 호랑이 이름은 더 길어졌습니다.

"산중호걸 야생동물위원장 숲속평화유지단장 천지만물공동번영회장 삼라만상영원무궁발전그룹총수님, 밤새 잘 주무셨습니까?"

"뭐라고? 어이구 그것참, 으하하."

얼마 뒤 호랑이의 직함이 두 배쯤 더 길어진 어느 날, 숲속 나라에 불이 났습니다. 불은, 호랑이가 잠든 사이에 호랑이 굴 쪽으로 번졌습니다. 다른 짐승들이 재빨리 호랑이 굴로 달려갔습니다.

"호랑이님, 불이……."

그러나 그 말은 입 안에서만 맴돌 뿐, 밖으로 나오지 못했습니다. 당장이라도 불호령이 떨어질 게 뻔했으니까요.

"네 이놈! 내 이름이 무슨 강아지 이름이더냐? 아무 놈이나 함부로 부르게."

짐승들은 하릴없이 호랑이의 기나긴 이름을 다 부르기 시작했습니다.

“산중호걸 야생동물위원장 숲속평화유지단장 천지만물공동번영회장 삼라만상영원무궁발전그룹총수 동서남북방방곡곡협동단결이사회상임고문 전세계포유류조류파충류양서류갑각류상호교류협회감독관 전우주생명체과거현재미래서식분포상관관계연구재단총재님, 불이 났어요!”

하지만 소용없었습니다. 미처 이름을 다 부르기도 전에 호랑이 굴은 불길에 휩싸이고 말았으니까요. 이리하여 이 위대한 직함을 가진 호랑이는 그만 불에 타 죽고 말았습니다.

학자들이 말하는 법

옛날 어느 곳에 한 마을이 있었습니다. 마을 사람들은 농사도 짓고 장사도 하고 연장도 만들면서 살았습니다. 모두들 아는 것이 그리 많지는 않았지만, 그렇다고 해서 살아가는 데 큰 불편은 없었습니다.

이 마을에 학자 한 사람이 새로 이사를 왔습니다. 학자는 아는 것이 많았습니다. 마을 사람들은 이제 자기들도 많은 지식을 배울 수 있게 됐다고 기뻐하면서, 새로 온 학자를 반갑게 맞아주었습니다.

학자는 날마다 집 안에 틀어박혀 무언가를 궁리하였습니다. 마을 사람들은 머지않아 그이가 큰 지식을 전해 줄 것을 믿고 기다렸습니다.

한 달이 지났습니다. 드디어 학자가 마을 사람들 앞에 나와 이렇게 말했습니다.

"보편적 진리의 내면에는 필연적으로 양면적이며 모순적인 이중의 요소가 존재한다."

마을 사람들은 어리둥절했습니다. 분명히 사람 말이긴 한데, 도무지 한마디도 알아들을 수가 없었기 때문입니다. 하지만 학자가 한 달이나 궁리한 끝에 내놓은 말이니 뭔가 깊은 뜻이 있을 거라고 짐작은 했습니다.

한 달 뒤, 새로운 연구를 끝낸 학자는 또 이렇게 말했습니다.

"사물의 본질을 파악하는 데 필요한 즉물적 사고는 새로운 패러다임의 창출을 요구한다."

이 또한 도무지 알아들을 수 없는 말이었지만, 알쏭달쏭한 만큼 꽤나 신비롭기는 했습니다.

학자는 한 달이 멀다 하고 새로운 말을 내놓았습니다.

"개체의 속성의 차이가 반드시 개체의 생태적 특성을 결정짓는 것은 아니다."

"감각의 소산인 지혜와 이지의 소산인 지식의 갭은 인위적 관념으로 극복하기 어렵다."

"지식의 퀄리티 향상이라는 지고의 목표와 지식의 익스텐션 확대라는 지선의 목표는 양립 불가능한 것이 아니다."

마을 사람들은 차츰 깨달았습니다. 학자들이 말하는 법은 여느 사람들이 말하는 법과는 아주 다르다는 것을, 또 학자들이 하는 말은 알려고 해서는 안 되고 그저 듣기만 해야 한다는 것을.

어느 날 마을에 사는 농사꾼 하나가 학자를 찾아가 물었습니다.

"학자님, 저도 학자가 되고 싶습니다. 어떻게 해야 학자가 될 수 있나요?"

학자는 선선히 대답했습니다.

"그건 어렵지 않네. 하지만 자네가 학자가 되려면 먼저 학자들이 말하는 법을 배워야 한다네."

"부탁입니다. 학자들이 말하는 법을 가르쳐 주십시오."

학자는 이번에도 선선히 대답했습니다.

"세 가지 규칙이 있다네. 첫째, 낯설고 알쏭달쏭하고 어려운 말만 골라서 하게."

"그리고요?"

"둘째, 되도록 '-의'나 '-적'이라는 말을 많이 쓰게."

"또요?"

"셋째, 이게 가장 중요한 건데, 말을 할 때는 그 말을 하는 자네도 무슨 뜻인지 몰라야 한다네."

이 멋진 방법을 써서 농사꾼도 드디어 훌륭한 학자가 됐느냐고요? 아니요, 그러지 못했답니다.

첫째와 둘째 방법으로 말하는 건, 어렵긴 하지만 애써 배우면 안 될 리는 없어 보였습니다. 하지만 가장 중요하다는 셋째 방법은, 아무리 애를 써도 도저히 할 수 없는 일이었으니까요.

그래서 농사꾼은 이렇게 생각하고 결국 학자가 되고자 하는 마음을 접었습니다.

"학자들이 말하는 법은 배워서 되는 게 아니라 타고나야 하는가 보다."

여우의 충고

숲속에 여러 짐승들이 살았습니다. 그중 욕심 많고 사나운 호랑이는 날마다 제 맘대로 토끼를 잡아먹었습니다. 그것도 온갖 그럴듯한 트집을 잡아서 말이지요. 토끼 귀가 긴 것은 남의 말을 몰래 엿들어서 그렇다느니, 토끼 눈이 빨간 것은 밤중에 도둑질하러 돌아다녀서 그렇다느니 하면서요.

토끼들은 두려움에 떨며 하루하루를 견뎠습니다.

호랑이 횡포가 갈수록 심해지자 숲속 짐승들이 회의를 하려고 한데 모였습니다. 호랑이와 토끼만 빼고 모두 모였습니다. 다들 토끼 편을 들어 호랑이를 나무라고 있을 때, 여우가 나서서 말했습니다.

"이럴 때일수록 차분해져야 해. 분통을 터뜨린다고 될 일이 아니지. 문제는 토끼가 너무 힘이 약하다는 거야. 힘이 약하니까 당하는 거라고."

"옳은 말이긴 한데, 그래서 어쩌자는 거지?"

다른 짐승들이 묻자 여우는 딱 잘라 대답했습니다.

"어쩌긴, 토끼한테 힘을 기르라고 충고해 주는 거지."

모두들 여우 말을 옳게 여기고 토끼를 찾아가 힘을 기르라고 충고해 주었습니다.

토끼는 그 충고대로 힘을 기르려고 애썼습니다. 하지만 힘이라는 게 하루아침에 길러지는 것도 아니고, 또 토끼 힘이 아무리 세어도 호랑이를 당할 수는 없었기 때문에 달라지는 건 아무것도 없었습니다. 호랑이는 여전히 횡포를 부렸고, 토끼들은 여전히 불안에 떨며 살았습니다.

얼마 뒤 숲속 짐승들은 또 한데 모여 회의를 했습니다. 모두들 토끼를 걱정하며 호랑이 횡포를 막을 방도를 궁리했지요. 이때 또 여우가 나서서 말했습니다.

"우리는 토끼한테 힘을 기르라고 충고해 줬어. 그런데도 토끼는 별로 힘을 기르지 못했지. 이건 심각한 문제야. 토끼를 일깨워 줘야 해."

"그래도 우리가 나서서 좀 도와줘야 하지 않을까?"

다른 짐승들이 묻자 여우는 고개를 저으며 대답했습니다.

"아니야, 우리가 도와주면 토끼는 영영 힘을 기를 수 없어. 밤낮 우리만 쳐다보고 있을 거라고. 토끼가 남한테 기대지 않고 스스로 살길을 찾도록 깨우쳐 주는 거야."

모두들 여우 말을 그럴 듯하게 여기고 토끼를 찾아가 남한테 기대지 말고 스스로 살길을 찾으라고 일깨워 주었습니다.

토끼는 그 말대로 스스로 살길을 찾으려고 애썼지만 그런다고 달라지는 건 없었습니다. 살길이란 기껏해야 호랑이 눈에 안 띄게 숨는 것뿐이었지요. 호랑이는 그런 토끼를 눈에 불을 켜고 찾아서 잡아먹었습니다.

토끼들은 하루하루가 지옥 같았습니다.

얼마 뒤 숲속 짐승들은 또 회의를 하려고 한자리에 모였습니다. 모두들 어떻게든 호랑이 횡포를 막아야 한다며 술렁거렸습니다. 이때 또 여우가 나서서 말했습니다.

"이 모든 게 토끼 탓이야. 우리가 그렇게 여러 번 충고해 줬건만 아직도 힘을 기르지 못한 게 누구 탓이겠어?"

"하지만 잘못이 토끼한테만 있는 걸까?"

다른 짐승들이 묻자 여우는 얼른 받아넘겼습니다.

"물론 호랑이도 너무했지. 하지만 우리가 여기서 호랑이 탓을 한다고 무슨 일이 풀려? 문제는 아직도 토끼가 힘을 기르지 못했다는 거야. 토끼가 지금이라도 문제가 뭔지 깨닫고 열심히 힘을 기른다면 아주 희망이 없는 건 아니지."

여우 말을 들은 짐승들은 뭔가 찜찜하긴 했지만 달리 뾰족한 수도 없었으므로 서로 눈치만 살피다가 뿔뿔이 흩어졌습니다.

그 뒤로 세월이 많이 흘렀지만 숲속에 달라진 건 아무것도 없었습니다. 호랑이는 여전히 온갖 트집을 잡아 토끼를 잡아먹었고, 토끼들은 하루하루를 죽은 거나 다름없이 살아갔습니다.

아참, 달라진 것이 있긴 했습니다. 그 뒤부터 토끼뿐 아니라 다른 짐승들도 호랑이 밥이 되었다는 것이 그 하나요, 회의 따위는 두 번 다시 열리지 않았다는 것이 그 둘입니다. 여우로 말할 것 같으면, 뭐랄까, 팔자가 폈다고 할 수 있습니다. 호랑이에게 잡아먹히지 않은 하나뿐인 짐승이 되었으니까요.

농사꾼과 똑똑한 사람들

옛날에 자기 땅이 없는 농사꾼이 있었습니다. 그이는 땅임자한테서 논을 빌려 농사를 짓고, 도조로 소출의 절반을 바치기로 약속했습니다.

가을이 되자 농사꾼은 약속대로 소출 벼 열 가마 중 절반인 다섯 가마를 땅임자에게 바쳤습니다. 그런데 땅임자는 세 가마를 더 내놓으라고 다그쳤습니다. 농사꾼은 억울했습니다.

"아니 나리, 올봄에 분명히 소출의 절반을 바치기로 약속하지 않았습니까? 소출이 열 가마이니 도조는 다섯 가마가 틀림없지요. 제 셈이 틀렸나요?"

"그래, 틀렸네. 내가 소출의 절반이라고 한 것은 지난해 소출을 두고 한 말이었으니까. 지난해 소출이 열여섯 가마이니 절반은 여덟 가마가 틀림없지. 어서 세 가마를 더 내놓게."

"지난해는 크게 풍년이 들었잖습니까?"

"해마다 소출이 나아져야 하는 거 아닌가? 긴말 할 것 없네. 세 가마를 더 내놓게."

농사꾼은 몹시 억울했지만 이게 다 자기가 못 배운 탓이라 생각하고 똑똑한 사람에게 도움을 청하기로 했습니다. 그이는 먼저 마을에서 가장 똑똑한 학자를 찾아가 억울함을 호소했습니다. 이야기를 다 듣고 난 학자는 똑 부러지는 목소리로 말했습니다.

"소유의 가치와 노동의 결과가 항상 상충하는 것은 아니라네. 긍정적인 노동은 소유를 극대화하지. 지주의 이익을 도모하는 것이 궁극적으로 경자의 권익을 확대시킬 개연성도 배제할 수 없다네. 무슨 말인지 알아듣겠는가?"

"한마디도 못 알아듣겠습니다."

"그럼 내 알아듣기 쉽게 말을 함세. 땅임자 말을 따르는 것이 자네한테 득이 될 수도 있다는 뜻일세."

"그게 어째서 그런 거지요?"

"가서 내 말의 심오한 뜻을 잘 새겨 보게. 무지는 결코 자랑이 될 수 없다네."

농사꾼은 하릴없이 마을에서 두 번째로 똑똑한 시인을 찾아가 사정 이야기를 하고 도움을 청했습니다. 이야기를 듣고 난 시인은 꿈꾸는 듯한 목소리로 말했습니다.

"여보게, 자네는 사슴 눈빛을 본 적이 있는가?"

"예? 예, 사슴을 보긴 했습니다만……."

"눈빛 고운 사슴은 결코 남과 척지지 않는다네. 영혼이 맑고 순수하기 때문이지. 자네가 도조 때문에 땅임자를 미워하면 마음에 때가 묻을 걸세. 마음에 때를 묻히지 말게나."

"하지만 너무 억울해서 말이지요."

"억울하다고 화를 내면 마음이 더욱 흐려진다네. 흐려진 마음으로는 아름다운 노래를 부를 수 없지. 부디 마음을 맑게 하게."

농사꾼은 하릴없이 마을에서 세 번째로 똑똑한 스님을 찾아가 자초지종을 털어놓고 어떻게 하면 좋을지 물었습니다. 이야기를 듣고 난 스님은 부드러운 목소리로 말했습니다.

"가엾은 영혼이 무거운 짐을 진 채 방황하고 있군. 걱정 말게. 부처님이 그 짐을 대신 져 주실 걸세."

"예? 그게 정말입니까?"

"그렇고 말고. 열심히 기도하게. 밤낮으로 기도하게. 그리고 믿어야 하네. 털끝만큼도 의심하지 말고 믿고 또 믿어야 하네. 굳게 믿고 기도하면 모든 일이 다 잘 될 걸세."

"하지만 저는 당장 도조 일이……."

"아, 그 일 말인가? 부처님의 자비심을 본받으면 마음이 편해질 걸세. 다 달라는 것도 아니고 겨우 세 가마가 아닌가? 기꺼이 내주게나. 그리고 땅임자를 위해 기도하게. 알고 보면 모두가 불쌍한 중생인 것을……."

농사꾼은 이제 마을 안에서 더는 똑똑한 사람을 찾을 수 없었으므로 모든 것을 체념하고 집으로 돌아갔습니다.

돌아가는 길에 이웃집 농사꾼을 만났습니다. 자기처럼 배운 것 없는 무지렁이 농사꾼이 물었습니다.

"자네 무슨 걱정거리라도 있나? 얼굴색이 좋지 않군."

"그럴 일이 좀 있지만 자네가 알아도 소용없는 일일세."

"그래도 한번 말해 보지 않겠나? 병과 걱정은 자랑하라는 옛

말도 있잖은가?"

그래서 농사꾼은 억울한 사정을 대강 말해 주었습니다. 그 말을 다 듣고 난 이웃집 농사꾼이 말했습니다.

"세상에 그런 경우 없는 일이 어디에 있나? 여보게, 이러고 있을 때가 아닐세. 어서 이 이야기를 온 마을에 퍼뜨리세."

두 농사꾼이 퍼뜨린 소문은 금세 마을 안에 퍼졌습니다. 소문을 들은 다른 농사꾼들이 앞을 다투어 억울한 농사꾼을 도우러 모였습니다. 그리고 모두 함께 땅임자를 찾아가 입을 모아 따졌습니다.

"나리, 지난해에는 도조를 얼마나 받으셨습니까?"

"여덟 가마를 받았지."

"그럼 그건 지난해 소출의 절반이었나요, 아니면 지지난해 소출의 절반이었나요?"

"……."

나는 이 뒷이야기까지 시시콜콜 늘어놓아 여러분을 성가시게 하고 싶지는 않습니다. 어떤 이야기는 굳이 하기보다 짐작에 맡기는 편이 나을 때도 있는 법이니까요.

저승에 간 다섯 사람

옛날에 다섯 사람이 한날한시에 죽어서 저승에 갔습니다. 그 이들 성은 각각 지씨, 부씨, 정씨, 장씨, 그리고 민씨였습니다.

지 아무개는 이름난 학자였고, 부 아무개는 큰 부자였고, 정 아무개는 높은 벼슬아치였고, 장 아무개는 용맹스런 장군이었습니다. 이 네 사람은 살아생전 이룬 일로 세상에 이름을 날렸지요.

하지만 민 아무개만은 그렇지 않았습니다. 그이는 평생 땅만 파먹고 사는 농사꾼이었으며, 이름이라면 동네 사람들한테나 알려진 정도였습니다.

이윽고 다섯 사람은 염라대왕 앞에 나아가 살아생전 한 일을 아뢰었습니다. 먼저 지 아무개가 고하였습니다.

"저는 평생토록 남보다 더 똑똑해지려고 힘껏 공부했습니다. 덕분에 큰 학자가 되어 책을 수십 권 쓰고 제자도 수백 명 길러 냈으며, 무지한 백성들에게 지식을 전해 주었습니다."

그다음은 부 아무개가 아뢰었습니다.

"저는 평생토록 적은 밑천으로 큰 이문을 얻으려고 밤낮없이 일했습니다. 덕분에 큰 부자가 되어 천만금을 자손에게 물려주고 억만금을 나라에 바쳤으며, 가난한 백성들을 먹여 살렸습니다."

그다음은 정 아무개가 아뢰었습니다.

"저는 평생토록 사람을 잘 다스리려고 상 주고 벌 주는 일을 어김없이 했습니다. 덕분에 높은 벼슬아치가 되어 나라에 법도를 세우고 질서를 바로잡았으며, 어리석은 백성들을 이끌었습니다."

그다음은 장 아무개가 아뢰었습니다.

"저는 평생토록 싸움터에서 용맹스럽게 싸웠습니다. 덕분에 대장군의 명예를 얻고 세상에 이름을 떨쳤으며, 힘없는 백성들을 적의 말발굽으로부터 지켜 주었습니다."

마지막으로 민 아무개 차례가 됐습니다.

"저는 평생 농사만 짓고 살았습니다. 먹고사느라고 바빠서 저런 훌륭한 분들 이름조차 모르고 살았습니다. 허투루 살아와서 정말 죄송합니다."

그 말을 들은 염라대왕이 되물었습니다.

"그래, 남보다 잘하는 게 하나도 없다는 말인가?"

민 아무개는 쑥스러운 듯 대답했습니다.

"예, 아무리 생각해 봐도 없습니다."

다섯 사람 말을 다 들은 염라대왕은 민 아무개를 꽃방석에 앉히고, 나머지 네 사람은 험한 곳으로 보냈습니다.

네 사람이 아우성을 치며 끌려간 뒤, 농사꾼 민 아무개는 염라대왕에게 까닭을 물어보았습니다. 염라대왕은 조용히 말했습니다.

"남보다 더 똑똑해지려고 힘껏 공부하다 보면 반드시 뒤처지는 사람이 생기는 법, 남을 뿌리치고 저만 앞서가면 죄가 되지. 적은 밑천으로 큰 이문을 얻으려고 밤낮없이 일하다 보면 반드시 손해 보는 사람이 생기는 법, 남에게 손해를 입히고 저만 잘 살면 죄가 되지. 사람을 잘 다스리려고 상 주고 벌 주는 일을 어김없이 하다 보면 반드시 억울한 사람이 생기는 법, 남에게 원망을 사고 저만 귀하게 되면 죄가 되지. 싸움터에서 용맹스럽게 싸우다 보면 반드시 죽는 사람이 생기는 법, 남을 죽이고 저만 살면 죄가 되지."

염라대왕은 말을 이었습니다.
"자네는 남보다 잘하는 게 하나도 없었네. 그러니 자연히 남을 뿌리칠 일도 없고 남에게 손해 입힐 일도 없고 남에게 원망 살 일도 없고 남을 죽일 일도 없었지. 죄지을 일이 도무지 없었단 말일세. 저 네 사람에게 견주면 깨끗하고 깨끗한 사람이지."
말을 마친 염라대왕은 한마디 덧붙였습니다.
"게다가 저 네 사람은 이승에서 온갖 부귀영화를 다 누렸지 않나? 자네는 평생을 헐벗고 굶주리며 살았고. 그러니 저승에서는 처지가 좀 바뀌는 것도 괜찮겠지."

옥황상제의 착각

어느 날 옥황상제는 하늘에서 인간 세상을 굽어보다가 가난한 사람들이 모여 사는 마을에 눈길이 멎었습니다. 거기에는 소작농사꾼, 등짐장수, 날품팔이, 막일꾼, 장돌뱅이, 들병이, 머슴, 백정 들이 뼈 빠지게 일하면서 굶느니 먹느니 죽지 못해 살아가고 있었습니다.

"아, 불쌍도 하여라. 내 당장 인간 세상에 내려가 저들을 도와주리라."

옥황상제는 곧 달빛선관 별빛선녀 우레장군을 거느리고, 햇살로 짠 용포를 입고 달무리로 엮은 관을 쓰고 폭신한 구름가마를 타고 인간 세상으로 내려갔습니다.

수많은 사람들이 옥황상제를 맞으러 모여들었습니다. 옥황상제는 깨끗이 닦인 길과 훤한 마당을 지나 높은 단 위에 올라갔습니다. 그리고 사람들에게 정중한 알현을 받았습니다. 먼저 여러 나라 임금들이 단 위에 올라와 절하고 물러갔습니다. 그다음에는 높은 벼슬아치들과 용맹스런 장군들, 돈 많은 부자들이 차례로 올라와 절하였습니다.

알현이 끝난 뒤 옥황상제는 둘러선 임금들과 벼슬아치들, 장군들과 부자들에게 물었습니다.

"가난하고 고통 받는 사람들은 다 어디에 있는가? 여기엔 없는 것 같군."

"염려 마십시오. 그 사람들도 다 집에서 상제님 덕을 기리고 있습니다. 너무 바쁘거나 병이 들었거나 걸을 힘이 없어서 이 자리에 못 나왔을 뿐입니다."

"그런가? 그것 참 안되었군. 사실 나는 그 사람들을 도와주러 온 것인데……."

"참으로 은혜로운 말씀이십니다. 상제님께서 조금만 힘을 써 주신다면 그 사람들에게 큰 도움이 될 것입니다."

"내가 어떻게 해 주면 좋겠는가?"

"황송하오나 세 가지가 필요합니다. 첫째로 풍년이 들어 먹을 것이 많아지면 굶주리는 사람이 없을 것입니다. 둘째로 일 년 내내 날씨가 좋으면 홍수와 가뭄 때문에 고통 받는 사람이 없을 것입니다. 셋째로 수명을 늘려 주시면 병들어 신음하는 사람도 줄어들 것입니다."

옥황상제는 자리에서 일어나 두 손을 높이 들고 말했습니다.

"올해는 익은 벼가 그 이삭 무게를 감당하기 힘들 만큼 큰 풍년이 들리라. 또 일 년 내내 춥지도 덥지도 않고 날씨는 유리구슬처럼 맑을 것이며 비는 알맞게 오되 밤에만 내리리라. 그리고 모든 사람들 수명이 삼 년씩 길어지리라. 이것이 가난하고 고통 받는 사람들을 위한 내 선물이로다."

"와아!"

모인 사람들은 모두 소리를 지르며 기뻐하였습니다. 그 모습을 본 옥황상제는 몹시 흐뭇하였습니다.

인간 세상에서 할 일을 마친 옥황상제는 달빛선관 별빛선녀 우레장군을 거느리고 푹신한 구름가마를 타고 다시 하늘로 올라갔습니다. 그러나 아무래도 미심쩍은 마음이 들어, 도중에 가마를 돌려 다시 인간 세상으로 내려갔습니다. 가난한 사람들을 몸소 만나 보기 위해서입니다. 옥황상제는 허름한 차림새로 혼자서 가난한 사람들이 모여 사는 마을을 찾아갔습니다.

마을에는 많은 사람들이 가난 속에서 힘겹게 살아가고 있었습니다. 소작농사꾼, 등짐장수, 날품팔이, 막일꾼, 장돌뱅이, 들병이, 머슴, 백정 들이 웃음기 잃은 얼굴로 힘들게 일하고 있었습니다. 옥황상제는 그이들에게 다가가 물었습니다.

"하늘나라에서 옥황상제가 왔다던데, 소문 못 들었소?"

"들었지요. 그런데 그 옥황상젠가 뭔가 하는 사람은 도대체 왜 왔대요?"

"몰랐소? 가난한 사람들을 도우려고 왔다던데……."

"흥, 말도 안 되는 소리. 옥황상제가 온다고 우리가 얼마나 힘들었는지 아쇼? 길 닦고 마당 쓸고 단 쌓느라고 등골이 빠졌다니까. 높은 사람은 그저 가만히 있는 게 우릴 도와주는 건데 그걸 모르니, 원."

"그래도 옥황상제가 세 가지 선물은 주고 갔다지 않소? 뭐라더라, 풍년이 들고 날씨가 좋아지고 사람들 수명이 늘어난다던가? 그건 이 마을 사람들한테도 도움이 될 텐데……."

"쳇, 도움은 무슨 얼어 죽을 도움? 풍년이 들면 살판나는 건 땅임자들이지, 우린 되레 갑절로 오른 도조 바치느라고 허리가 휠 거요. 일 년 내내 날씨 좋으면 누가 덕 볼 것 같소? 부자들과 벼슬아치들이야 날마다 소풍 다닐 수 있어 좋겠지만, 우린 그 사람들 시중드느라고 밤잠도 설쳐야 할걸? 수명 늘려 주는 것도 마찬가지요. 배부른 사람들 말이지 배곯는 우리야 오래 사는 것도 반갑잖소이다."

"……."

이로써 짧은 대화가 끝나고, 옥황상제는 아무 말 없이 그곳을 떠나 하늘나라로 올라갔습니다.

내가 여러분에게 해 줄 수 있는 이야기는 이것이 다입니다. 그 뒤로 옥황상제가 두 번 다시 인간 세상에 내려오지 않았다는 건 우리 모두가 아는 바와 같습니다.

두억시니와 불가사리

옛날 어느 숲속에 짐승들이 사는 나라가 있었습니다. 숲속 짐승들은 저마다 생긴 모습도 다르고 사는 방식도 달랐지만 큰 탈 없이 잘 어울려 살았습니다.

그중에는 두억시니와 불가사리도 있었습니다. 두억시니는 흰색 털북숭이로, 숲속 나라 짐승들 가운데 가장 몸집이 크고 힘이 세었습니다. 불가사리는 두억시니와 달리 몸집도 힘도 어중간했지만 성깔이 있었습니다.

두억시니는 불가사리를 싫어했습니다. 생김새도 자기와 딴판인 데다가 짖는 소리도 귀에 거슬렸기 때문입니다. 하지만 대놓고 싫은 내색을 하기보다 속으로 은근히 깔보며 지냈습니다.

불가사리 집 앞에는 맑은 연못이 있어서 다른 짐승들이 물놀이하러 많이들 찾아왔습니다. 불가사리는 몇 가지 규칙을 만들어 연못 앞에 써 붙였습니다.

“누구든지 먼저 오는 차례대로 연못에 들어간다. 연못에는 한꺼번에 다섯 마리까지만 들어갈 수 있다. 한번 연못에 들어간 짐승은 누구든지 뻐꾸기가 서른 번 울기 전에 밖으로 나와야 한다.”

두억시니는 그 규칙이 마음에 들지 않았습니다. 하루는 두억시니가 숲속 나라 모든 짐승들 앞에서 말했습니다.

“불가사리는 우리 모두가 함께 써야 할 연못을 자기 것인 양 마음대로 한다. 내가 놈을 혼내 주겠다.”

두억시니는 곧장 불가사리에게 달려가 흠씬 두들겨 패 주었습니다. 불가사리는 아무 저항도 하지 못했습니다. 두억시니는 연못에 들어가 혼자서 하루 종일 놀다가 연못물을 사정없이 휘저어 놓고 돌아왔습니다.

이 일을 두고 숲속 나라 짐승들은 두 패로 갈렸습니다. 두억시니가 한 일을 속 시원하게 여기는 짐승도 있었고, 불가사리를 동정하는 짐승도 있었습니다.

그 일이 있은 뒤 불가사리가 달라졌습니다. 몸집은 전보다 더 커져서 늑대만 해졌고 발톱과 이빨도 더 날카로워졌습니다. 불가사리는 곧 연못에 들어가는 규칙을 바꾸었습니다.

"먼저 오는 차례대로 연못에 들어가는 것과 한꺼번에 다섯 마리까지만 들어갈 수 있는 것은 전과 같다. 하지만 연못에 머무는 시간은 내가 정한다."

이제 연못에 들어간 짐승은 누구든지 불가사리가 나오라면 싫어도 나와야 했습니다. 불가사리를 편든 짐승들은 좀 더 오래 연못에 있을 수 있었고, 두억시니를 편든 짐승들은 뻐꾸기가 열 번도 울기 전에 밖으로 쫓겨나야 했습니다. 몇몇 짐승들이 불만을 터뜨리자 불가사리는 그 짐승들을 연못 근처에 다가오지도 못하게 하였습니다.

이 소문을 들은 두억시니는 짐승들을 모아 놓고 말했습니다.

"불가사리가 숲의 평화를 위협하고 있다. 놈을 혼내지 않으면 숲속 나라에 정의는 사라질 것이다."

그러고는 곧장 불가사리에게 달려가 흠씬 두들겨 패 주었습니다. 이번에는 불가사리가 조금은 저항했기 때문에 두억시니 얼굴에도 작은 생채기가 났습니다. 두억시니는 연못에 들어가 혼자서 사흘 동안 놀다가 연못물을 사정없이 휘저어 놓고 돌아왔습니다.

이 모습을 본 숲속 나라 짐승들은 손뼉을 치거나 불평을 늘어놓았습니다. 불가사리에게 박대당한 짐승들은 손뼉을 쳤고, 그렇지 않은 짐승들은 두억시니가 너무했다고 수군거렸습니다.

그 일이 있은 뒤 불가사리는 더 사나워졌습니다. 몸집은 호랑이만 해졌고 눈에는 빨간 불이 철철 흘렀습니다. 불가사리는 연못에 들어가는 규칙을 또 바꾸었습니다.

"누구든지 내 허락 없이는 절대 연못에 들어갈 수 없다."

이제 짐승들은 연못에 들어가려면 불가사리 허락을 받아야만 했습니다. 당연히 불가사리 편을 든 짐승들은 원하는 대로 연못에 들어갈 수 있었고, 두억시니 편을 든 짐승들은 연못 근처에 다가가는 것조차 금지되었습니다.

두억시니는 날카로운 이빨을 드러내며 크게 울부짖었습니다.

"불가사리가 숲의 평화를 깨뜨렸다. 숲속 나라 짐승들이여, 정의를 위해 불가사리와 싸우자."

숲속 나라 짐승들 중 절반이 두억시니 뒤를 따랐습니다. 그리고 이 싸움이 끝난 뒤 누가 정의의 편에 섰는지 저 밝은 태양이 말해 줄 것이라고 두억시니가 연설한 뒤에는 나머지 짐승들 중 절반도 엉거주춤 두억시니 뒤를 따랐습니다. 숲속 나라에는 일찍이 보지 못했던 큰 싸움이 벌어졌습니다.

싸움은 그리 쉽게 끝나지 않았습니다. 평화롭던 숲은 사흘 밤낮 동안 으르렁거리는 짐승들 울부짖는 소리로 가득 찼습니다. 드디어 동쪽 언덕 위에 세 번째 태양이 떠오른 뒤 울부짖는 소리는 멎고 고요함이 숲을 에워쌌습니다.

나는 어느 편이 이겼는지 말하지 않겠습니다. 사실 그런 것은 아무 의미도 없습니다. 내가 할 수 있는 말은 이것입니다. 싸움이 끝나고 정신을 차렸을 때 숲속 나라 짐승들은 두억시니와 불가사리가 서로를 파멸시켰다는 것을 알았습니다. 두억시니와 불가사리는 사라졌고, 우리는 이제 그 두 짐승의 이름을 이야기 속에서나 들어 볼 수 있습니다.

어쨌거나 숲에는 다시 평화가 찾아왔습니다.

홍 대감이 싫어한 세 가지 일

옛날에 홍 대감이라는 높은 벼슬아치가 살았습니다. 홍 대감은 세 가지 일을 몹시 싫어했다는데, 이제부터 그 이야기를 하겠습니다.

홍 대감이 첫 번째로 싫어한 것은 백성들이 예의범절을 지키지 않는 일이었습니다. 특히 인사를 잘 하지 않는 것을 아주 못마땅해 했지요.

"인사는 도덕이 드나드는 문과도 같다. 백성들이 인사도 못한대서야 어찌 도덕의 나라라 하겠는가."

그리고 임금에게 아뢰어 새로운 법을 시행했습니다. 어떤 법인고 하니, 웃어른이나 벼슬아치를 보고도 인사를 안 하는 버릇

없는 백성들을 잡아다 가두어 놓고 예법 교육을 시키는 것이었지요.

과연 새로운 법은 효과가 있었습니다. 많은 백성들이 벼슬아치들에게 인사를 하기 시작한 것입니다! 순라군들이 눈을 부릅뜨고 지켜보는 곳에서만, 그것도 마지못해 억지로 하는 것이긴 했지만, 어쨌든 인사는 인사였으니까요.

그러던 어느 날, 비단옷 입은 젊은이가 밤중에 홍 대감을 찾아왔습니다.

"나랏일로 노고가 많으신 대감께 인사를 드리러 왔습니다.

작은 성의지만 받아 주십시오."

하고서 젊은이는 하인에게 지워 온 커다란 궤짝을 바쳤습니다. 그 궤짝 안에 엽전이 가득 들어 있다는 걸, 경험 많은 홍 대감이 모를 리 없었습니다.

"듣자니 과천현감 자리가 비었다더군요."

젊은이는 하직 인사를 하면서 은근히 말했습니다.

젊은이가 간 뒤에, 홍 대감은 흐뭇해 하며 혼잣말을 했습니다.

"인사성 바른 젊은이로군. 역시 배운 사람은 뭐가 달라도 달라."

며칠 뒤, 그 젊은이가 과천현감이 되어 임지로 떠났다는 소문이 벼슬아치들 사이에 떠돌았습니다.

홍 대감이 두 번째로 싫어한 것은 백성들이 말을 함부로 하는 것이었습니다. 특히 상스러운 말을 하는 것을 아주 못마땅해 했지요.

"말은 도덕이 오가는 길과도 같다. 백성들 말본새가 어지러운 나라에서 어찌 도덕을 논하겠는가."

그리고 또 임금에게 아뢰어 새로운 법을 시행했습니다. 그것은 나라 안에 떠도는 불순한 말을 금지하는 법이었습니다. '거지같은 나라'니, '똥이나 먹어라' 같은 말을 한 백성들은 잡혀가 옥에 갇힌 채 반성문을 하루에 삼백 장씩 써 바쳐야만 했습니다.

과연 새로운 법은 홍 대감의 기대를 저버리지 않았습니다. 백성들 입에서 더는 험한 말이 나오지 않는다는 보고가 올라왔습니다! 벼슬아치들이 눈을 부라리고 다니며, 그것도 들릴 듯 말 듯 작은 소리로 하는 말은 빼고 보고한 것이라곤 하지만, 어쨌든 보고는 보고였으니까요.

그러던 어느 날 비밀관청에서 일하는 부하 한 사람이 밤중에 홍 대감을 찾아왔습니다.

"대감께 긴히 드릴 말씀이 있습니다. 대감과 앙숙인 허 참판 말입니다만, 요새 대감을 험하게 말하고 다니는 모양입니다."

하고서 그이는 허 참판이 술집에서 했다는 말을 낱낱이 고했습니다. 그리고 목소리를 잔뜩 낮춰 귀엣말로 속삭였습니다.

"이참에 역적으로 몰아 뒤탈을 없애는 것이 좋을 듯합니다."

부하가 간 뒤에, 홍 대감은 분을 삭이지 못하고 혼잣말을 했습니다.

"때려죽일 놈 같으니라고. 말본새가 그렇게 험하고서야 목숨이 열 개인들 무사할까."

며칠 뒤 장안에는 허 참판이 역모를 꾸민 죄로 잡혀 죽었다는 소문이 돌았습니다.

홍 대감이 세 번째로 싫어한 것은 백성들이 풍속을 어지럽히는 일이었습니다. 특히 사람들이 남녀 사이 일을 두고 수군대는 것을 아주 못마땅해 했지요.

"남녀 사이 일은 도덕의 길을 가로막는 걸림돌과 같다. 바로 잡지 않으면 반드시 화가 있을 것이야."

그리고 또 임금에게 아뢰어 새로운 법을 시행했습니다. 이번에 만든 법은 세상의 온갖 책과 그림을 조사하여, 남녀 사이 일을 다룬 것은 모조리 빼앗아다 불살라 버리는 것이었습니다.

과연 새로운 법은 금세 세상을 바꿔 놓았습니다. 남녀 사이 일을 다룬 책과 그림이 자취를 싹 감춘 것입니다! 관리들 감시하는 눈길이 미치지 않는 곳에서는 더 많은 책과 그림이 떠돌고 더 비싼 값에 팔린다는 소문이 돌긴 했지만, 뭐 소문은 소문에 지나지 않으니까요.

홍 대감이 이 모든 일을 끝내고 심심해 하던 어느 날 밤, 장안에서 가장 큰 부자인 왕 장자네 하인이 편지 한 장을 가져와 바쳤습니다.

"대감의 노고에 감사하는 뜻에서 조촐한 잔치를 베풀었으니 꼭 왕림해 주소서."

홍 대감은 곧 가마를 타고 남산골 후미진 곳 어느 기와집으로 갔습니다. 겉보기에는 여염집이지만, 그곳은 내로라하는 벼슬아치들과 부자들이 백성들 눈을 피해 잔치판을 벌이는 곳이었지요.

잔치판에는 이미 많은 벼슬아치들과 부자들이 모여 있었습니다. 좌장 격인 왕 장자뿐 아니라 풍채 좋은 김 정승, 활 잘 쏘는 이 판서, 술 잘 먹는 박 승지, 말 잘하는 이 부자도 왔습니다.

잔치가 벌어졌습니다. 홍 대감 옆자리에는 이번에 새로 기생이 된 열여섯 살 앳된 난향이 앉았습니다. 새 얼굴이라 해서 특별히 홍 대감 옆에 앉도록 왕 장자가 신경 쓴 것 같았습니다.

술이 몇 순배 돌고 취흥이 오르자 홍 대감은 곁에 앉은 난향을 굽어보며 말했습니다.

"과연 기생은 어린것이 때 묻지 않아서 좋구나."

의적 김꺽정 이야기

이제부터 의적 김꺽정 이야기를 시작하겠습니다. 뭐라고요? 임꺽정이 아니냐고요? 아닙니다. 분명히 말하지만 '임꺽정' 이야기가 아니라 '김꺽정' 이야기입니다.

일찍이 김꺽정은 견문을 넓히려고 세상 구경에 나섰다가 몹시 놀랐습니다. 세상에는 불쌍한 사람들이 너무나 많았기 때문이지요. 억울한 일을 당하여 분통을 터뜨리고 애태우며 밤잠을 설치는 사람들이 수두룩했습니다.

김꺽정은 주먹을 부르쥐고 다짐했습니다.

"이다음에 반드시 힘을 길러 저 불쌍한 사람들의 억울함을 풀어 주리라."

세상 구경을 마치고 돌아온 김꺽정은 훗날을 위해 차근차근 힘을 길렀습니다. 수많은 어려움을 이겨 내고, 드디어 세상에 맞설 이 없을 만큼 큰 힘을 기른 김꺽정은 동지들을 모으러 나섰습니다.

"억울한 사람들은 모두 모이시오. 힘을 합해 세상의 잘못을 바로잡고 우리가 잃어버린 것을 되찾읍시다!"

김꺽정은 방방곡곡을 찾아다니면서 이렇게 호소했습니다. 말할 것도 없이 이 일은 밤을 도와 남몰래 했기 때문에 비밀이 밖으로 새어 나가는 일은 없었습니다.

김꺽정 둘레에 많은 사람이 모여들었습니다. 얼마 안 가 이들은 큰 무리를 이루었습니다. 무리는 김꺽정을 두령으로 삼고 거사를 일으켰습니다.

"동지들, 이제야 우리 뜻을 세울 때가 왔다. 모두 망설이지 말고 나를 따르라!"

"와아!"

무리는 곧 점찍어 둔 마을로 쳐들어갔습니다. 그리고 한바탕 실랑이 끝에 거사는 순조롭게 마무리되었습니다.

거사를 끝낸 김껙정 무리는 마을에서 가장 큰 이 부자네 기와집에 모였습니다. 으리으리한 대청마루에는 내로라하는 부자들이 다 와서 앉았습니다. 집주인인 이 부자 말고도 박 부자, 최 부자, 한 부자, 강 부자가 다 왔습니다. 그 옆에는 정 정승, 황 판서, 임 장군, 장 판관, 윤 환관이 둘러앉았습니다. 모두 김껙정 무리입니다.

이들은 곧 익숙한 솜씨로 재물을 나누었습니다. 김껙정 무리가 가난한 백성들에게서 빼앗아 온 재물이지요. 돈, 곡식뿐 아니라 비녀, 가락지에 밥그릇, 요강 단지와 숟가락 젓가락까지 온갖 것이 다 있습니다. 무리는 재물을 나름의 규칙에 따라 공평하게 나누었습니다. 모두들 제 몫을 단단히 챙겼습니다.

이쯤에서 여러분은 몹시 놀라고 언짢아하며, 무슨 이따위 이야기가 있느냐고 나를 나무라겠지요. 그래서 나는 잠깐 뒤로 빠지겠습니다. 여러분은 좌중의 이야기를 좀 더 들어 보시지요.

"이제야 분이 좀 풀리는군. 이게 다 김껙정 두령 덕택이오. 장하오. 앞으로도 잘 부탁하오."

"뭐 부탁까지야. 당연히 해야 할 일을 했을 뿐이오."

"당연한 일이라……, 그렇지. 우리 같은 부자가 재물을 차지하는 건 당연하지. 가난한 게으름뱅이 백성들이 재물을 갖고 있다니 말이 되나?"

"글쎄, 그걸 재물이라 하기는 좀 낯간지럽소만……. 어쨌든 백성들 집을 터는 일은 정말 힘들었소. 뭐 가져올 게 있어야 말이지."

"그래도 꽤 많이 걷어 왔구먼."

"울면서 바짓가랑이에 매달리는 아낙네들 때문에 애를 먹었지. 아이들 자지러지는 소리도 성가셨고……. 쉬운 일은 아니었소."

"그러니까 장하다 하지 않소? 그나저나 김 두령은 언제부터 우릴 도울 생각을 했소이까?"

"일찍이 세상 구경을 할 때부터지요. 가는 곳마다 부자들은 억울한 일을 너무나 많이 당하더이다. 머슴들이 남 잘 때 다 자고 남 쉴 때 다 쉬면서 건성으로 일해도 꼬박꼬박 새경을 줘야 하질 않나, 아랫것들이 사람대접 받겠다고 발칙하게 나서도 참고 견뎌야질 않나, 넓디넓은 땅을 가지고도 소작농사꾼들이 게으름을 피우는 바람에 절반이나 놀리질 않나, 가난뱅이한테 돈을 꿔 주고도 이자를 원금 절반밖에 못 받지를 않나……, 그렇게 손해를 본 사람들이 분통을 터뜨리고 애태우며 밤잠을 설치는 걸 보고 나는 다짐했소. 이다음에 힘을 길러 반드시 이 사람들 억울함을 풀어 주겠다고 말이오."

"오오, 과연 장하오. 김 두령, 그래 이제부터 어찌할 작정이오?"

"이웃 마을로 가야지요. 그다음엔 또 이웃 마을로……. 온 세상에 억울한 부자가 단 한 사람도 남지 않을 때까지 우리의 거사는 이어질 거요."

"옳소!"

원숭이 왕의 경전 풀이

옛날에 원숭이들이 모여 사는 원숭이 나라가 있었습니다.

원숭이 나라에는 모든 원숭이가 함께 지킬 약속을 적어 놓은 책이 있었습니다. 원숭이들은 그 책을 '위대한 경전'이라 불렀습니다.

하루는 백성 원숭이 한 마리가 왕을 찾아가 하소연했습니다.

"대왕님, 이럴 수 있습니까? 우리 백성들은 한 해에 과일 열두 상자를 세금으로 바칩니다. 그런데 알고 보니 벼슬하는 원숭이들은 세금을 한 푼도 안 내더라고요. 위대한 경전에도 '하늘 아래 모든 원숭이는 평등하다'는 말이 있는데, 이렇게 경전 말씀을 함부로 어겨서야 되겠습니까?"

그 말을 들은 원숭이 왕은 이렇게 대답했습니다.

"경전에 '하늘 아래' 모든 원숭이가 평등하다고 했지, 어디 '하늘 위' 원숭이까지 평등하다고 했더냐? 그렇게 위아래도 없이 살아서야 우리가 멧돼지 무리보다 나을 게 무엇이냐? 백성 원숭이가 태생이 천하여 하늘 아래 원숭이라면, 벼슬하는 원숭이는 태생이 고귀하여 하늘 위 원숭이니라. 그러니 세금을 똑같이 내서는 안 되는 것이다."

왕은 백성들 세금을 과일 열다섯 상자로 올렸습니다.

하루는 충성스러운 신하 중 하나가 왕에게 아뢰었습니다.

"위대하신 대왕님의 현명하신 통치로 나라가 태평스러우나, 한 가지 걱정거리가 있습니다. 백성들 중에 왼손으로 바나나를 먹는 못된 자들이 있습니다. 이들 때문에 풍속이 어지러워져 자칫하면 나라가 위태로운 지경에 이를지 모릅니다. 원컨대 엄히 다스려 주옵소서."

그 말을 들은 원숭이 왕은 신하들을 시켜 왼손으로 바나나를 먹은 백성 원숭이들을 모두 잡아들였습니다. 왼손잡이 원숭이들이 모두 잡혀 와 궁궐 뜰을 가득 메웠습니다. 곧 형틀이 마련

되고 심문이 시작되었습니다.

"너희들은 어찌 그런 죄를 지었느냐?"

"저희들은 맹세코 그것이 죄가 되는 줄 몰랐습니다. 아직도 왜 죄가 되는지 모르겠습니다."

"뭐라고? 너희들은 눈도 없느냐? 다른 원숭이들은 다 오른손으로 바나나를 먹지 않느냐?"

"그러니까 더욱 모르겠다는 것입니다. 위대한 경전에도 그런 말이 있지 않습니까? '어떤 원숭이도 남과 다르다는 까닭으로 차별 받거나 벌을 받아서는 안 된다'고요. 위대한 경전에 적힌 말은 대왕께서도 어길 수 없는 것입니다."

원숭이 왕은 노하여 말했습니다.

"이런 어리석은 백성들을 봤나? 경전에 '남'과 달라도 괜찮다 했지, 어디 '자기'와 달라도 된다 하였더냐? 보아라, 나는 왕이고 오른손으로 바나나를 먹느니라. 왕이 어디 남이냐? 너희들 어버이 아니냐? 어버이는 피와 몸을 주신 분이니 곧 자기와 같다는 걸 아직 몰랐단 말이냐?"

왕은 잡아 온 백성들을 모두 매질한 뒤 옥에 가두었습니다.

하루는 먹을 것이 없어 며칠을 굶은 원숭이들이 참다못해 궁궐을 찾아갔습니다. 원숭이들은 궁궐문 밖에서 소리 높여 외쳤습니다.

"대왕님, 배고파 못살겠습니다. 제발 먹을 것 좀 주십시오."

원숭이 왕은 위엄을 갖추고 높은 다락으로 올라가 아래를 굽어보며 말했습니다.

"너희들이 정녕 미쳤구나. 왕인 나더러 먹을 것을 달라니, 이 무슨 해괴망측한 소리냐?"

"너무 배가 고파서 그럽니다. 우리는 글도 모르는 무지렁이지만 위대한 경전에 이런 말이 적혀 있다고 들었습니다. '부자 원숭이로서 가난한 원숭이를 돕지 않으면 그것이 곧 죄'라고요. 왕께서는 우리 원숭이 나라에서 제일가는 부자시니 마땅히 굶주린 우리를 위해 과일 한 조각쯤 던져 주시겠지요?"

왕은 눈을 크게 부라리며 말했습니다.

"너희들이 경전을 모르기가 어찌 이와 같단 말이냐? 경전에 실린 고귀한 말씀은 너희 무지렁이들이 생각 없이 지껄이는 말과는 다르니라. 가난뱅이를 돕는다는 말은 먹을 것이나 던져 주는 걸 뜻하는 게 아니다. 그렇게 해서는 버릇만 나빠질 뿐이지. 자고로 가난뱅이는 게을러터져서 일을 안 하니, 그 잘못을 일깨워 고쳐 주는 것이 참된 도움이렷다."

왕은 배고파 울부짖는 원숭이들 발목에 무거운 차꼬를 채운 다음 궁궐 안 바나나 농장으로 데려가 힘든 일을 시켰습니다. 게으름 피우는 버릇을 고쳐 부지런한 원숭이로 만든다는 것이 명분이었지요.

이쯤에서 여러분에게 고백할 게 있습니다. 나는 이 이야기의 결말을 도저히 맺지 못하겠습니다. 그래서 여러분에게 맡기고자 하니, 부디 마음에 드는 결말을 만들어 보십시오. 이야기꾼으로서 마땅히 해야 할 일을 미루어서 무척 미안합니다.

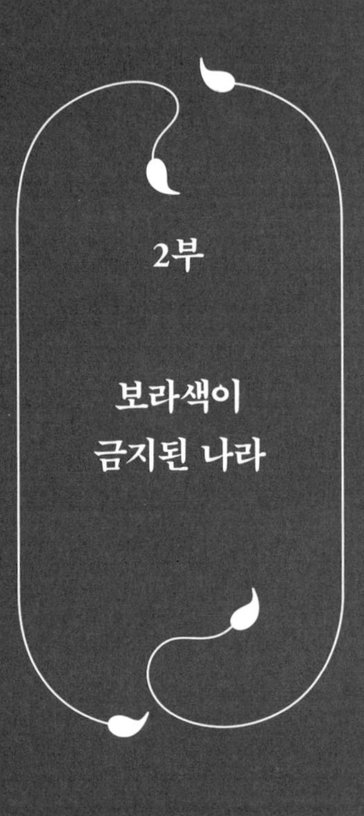

2부

보라색이
금지된 나라

촌장의 몸값

옛날 어느 마을에 한 촌장이 있었습니다.

하루는 마을 부자들 몇이 촌장을 찾아와 말했습니다. 이 부자들은 모두 머슴을 여럿 데리고 있었습니다.

"요새 머슴들이 게을러터져서 일을 안 해 걱정이오. 무슨 수를 좀 내 주시오."

"알았소. 내가 어떻게 해 보겠소."

촌장은 여태 부자들이 머슴 새경을 일한 햇수에 맞춰 주었다는 것을 알고, 새로운 법을 발표했습니다.

"이제부터 우리 마을 머슴들은 일한 햇수에 상관없이 일한 만큼 새경을 받게 될 것이다. 많이 일하면 많이, 적게 일하면

적게 받을 거란 말이다. 일값을 공평하게 매기기 위해 마을에 '값 매기기 위원회'를 두겠다."

곧 '값 매기기 위원회'가 만들어지고, 마을에서 방귀깨나 뀌는 유지들이 위원이 되었습니다. 위원들은 머슴들이 일하는 모습을 감독하고 그 양과 질을 따져 값을 매겼습니다. 최 부자네 상머슴 바우는 한 번 늦잠을 잤다고 새경 오만 원이 깎였습니다. 황 부자네 젖머슴 순득은 감기에 걸려 하루 쉬는 바람에 새경이 절반으로 줄었습니다.

이제 머슴들은 게으름을 피울 수 없게 되었습니다. 모든 것이 부자들 뜻대로 되었습니다. 늘어난 새경은 깎은 새경으로 채워 주면 되니까, 돈이 더 드는 일도 없었습니다. 부자들 곳간은 나날이 차올라 갔습니다.

얼마 뒤 마을 부자들이 또 촌장을 찾아왔습니다.
"요새 머슴들이 농사일은 잘하는데, 사사로운 심부름을 안 하려고 해서 문제요."
"문제없소. 나한테 맡겨 두시오."

촌장은 새로운 법을 발표했습니다. 이번 법은 머슴들뿐 아니라 소작농사꾼들에게까지 효력이 미치도록 했습니다.

"이제부터 우리 마을 사람들은 누구나 남을 도와주면 그만큼 값을 받을 것이다. 심부름을 하든, 남의 부탁을 들어주든, 값 매기기 위원회에서 거기에 걸맞은 값을 매겨 줄 게다."

곧 마을에는 새로운 바람이 불었습니다. 감나무집 본동댁은 최 부자네 안방마님에게 불려 가 한 달 동안 재미난 옛이야기를 들려주고 천오백 원을 받았습니다. 맹 훈장네 막내아들 만득이는 황 부자네 둘째아들 연애편지를 대신 써 준 값으로 삼천 원을 달라고 했다가 거절당하자, 위원회에 고발해서 제값을 받아 냈습니다.

일은 부자들 뜻대로 풀려 나갔습니다. 일값은 도움 받는 쪽에서 주는 것이니 부자들 주머니가 얇아질 일은 없었습니다. 게다가 값 매기기 위원회는 부자들 심부름값을 아주 짜게 매겨서 곳간 채우는 데 도움을 주었습니다.

얼마 뒤 마을 부자들이 또 촌장을 찾아왔습니다.

"다 좋은데, 아이들이 심부름하는 재미에 빠져서 재롱 떨 줄 모르는 게 불만이오."

"그렇다면 손을 써야지요."

촌장은 당장 새로운 법을 발표했습니다. 이번에는 머슴들과 소작농사꾼들뿐 아니라 온 마을 사람들에게 두루 효력이 미치는 법입니다. 내용은 남을 기쁘게 해 주는 만큼 값을 쳐준다는 것이었습니다.

법이 시행되자 마을에는 여태 볼 수 없었던 모습이 펼쳐졌습니다. 대장간 박 서방네 아이들은 최 부자네 집에 불려 가 하루 종일 재롱을 떨고 오백 원을 받았습니다. 주막집 안골댁이 황 부자네 사랑채에서 불려 가 불러 준 노래값은 천오백 원어치였지만, 황 부자의 칭찬값을 제하고 단돈 천 원을 손에 쥐었습니다.

머지않아 마을 사람들은 모두 자기에게 걸맞은 몸값을 가지게 되었습니다. 그 사람이 가진 모든 능력을 합쳐서 값을 매기는 법이 새로 만들어졌기 때문입니다. 젊고 예쁜 황 부자네 둘째딸 몸값은 오백만 원, 머리는 좋지만 몸이 약한 맹 훈장네 만

아들 몸값은 삼백오십만 원으로 매겼습니다. 그래서 이 둘이 혼인할 때는 맹 훈장네가 모자라는 백오십만 원을 물어야 했지요. 일 잘하는 최 부자네 꼴머슴 용팔이는 다리를 약간 저는 까닭에 몸값을 십오만 원으로 정했습니다. 늙고 망령 든 외딴집 고 영감 내외는 둘이 합쳐 오천 원의 몸값을 갖게 됐는데, 이마저도 위원회에서는 후하게 쳐준 거라고 생색을 냈다나요.

그리고 얼마 뒤, 이 모든 일에 앞장선 촌장이 죽었습니다. 장례식 날 촌장의 주검 앞에 모여든 마을 사람들은 슬퍼할 겨를이 없었습니다. 죽은 촌장의 몸값을 계산해 내야 했기 때문이지요. 드디어 위원회에서는 촌장의 몸값을 새로 정하여 알렸습니다.

"상당한 석회 성분과 약간의 인산칼슘, 그리고 미세한 철분을 합한 무기질 총량을 시세로 셈한 결과 삼백칠십 원임. 수분과 단백질은 곧 분해될 것이므로 값을 매길 수 없음."

누가 신대륙을 발견했나?

오늘은 저승 갔다 온 사람 이야기를 하겠습니다. 어느 날 밤 영문도 모르고 저승사자들에게 잡혀 저승에 갔다가, 아직 올 때가 안 됐다는 염라대왕 말을 듣고 다시 이승으로 돌아온 사람이 들려준 이야기입니다. 어떤 이야기인지 한번 들어 볼까요?

내가 이승으로 돌아오려고 막 저승문을 나서자, 길가에 음식점이 늘어서 있는 게 보이더군요. 저승에 웬 음식점이냐고요? 아, 저승 사람들은 밥도 안 먹고 산답디까? 저승문 앞이니 늘 사람들이 들락거릴 테고, 그만큼 목 좋은 곳이 또 어디에 있겠어요?

나는 마침 출출하던 참이라 요기나 좀 하기로 했지요. 그중

한 음식점에 들렀는데, 저승 밥은 생각보다 맛이 좋더라고요. 웬 돈이 있었느냐고요? 아, 그건 아는 사람은 알 테지만 저승에는 사람마다 곳간이 하나씩 있지요. 이승에서 남에게 베푼 만큼 재물이 쌓이는 곳간이랍니다. 내 곳간에도 돈이 조금 들어 있어서, 그중 몇 푼을 노자로 쓰려고 들고 나왔답니다.

음식점 주인은 늙수그레한 사내로, 몸집이 황소만 한 아메리카 원주민이었습니다. 아메리카 사람이 왜 저승에 있느냐고요? 아, 그럼 저승에는 우리 나라 사람들만 가는 줄 알았나요? 아무튼 나는 그 사람과 몇 마디 얘기를 나누었습니다. 뭐라고요? 말이 안 통할 텐데 어떻게 얘기를 했느냐고요? 저승에 가면 어떤 말을 해도 서로 다 알아듣게 된답니다.

"주인장은 저승에 온 지 얼마나 됐나요?"

"그러고 보니 6백 년이 지났소. 한동안 잊고 지냈는데, 벌써 세월이 그렇게 흘렀군."

"6백 년 전이면 아직 콜럼버스가 신대륙을 발견하기 전이군요. 그러니까 당신은……."

그러자 주인은 뜻밖의 말을 했습니다.

"무슨 소리요? 신대륙은 내가 발견했소이다."

나는 깜짝 놀랐지만, 뭔가 오해가 있는 것이라 여기고 다시 말했습니다.

"그러니까 내 말은, 당신이 살던 아메리카 대륙이 바로 신대륙이고……."

그러자 그이는 대뜸 내 말허리를 자르더군요.

"흥, 웃기는 소리. 내 고향은 까마득한 옛날부터 우리 조상들이 살던 곳인데 왜 신대륙이라는 거요? 내가 발견한 곳이 신대륙이지. 내가 어디를 발견했는지 아쇼? 바로 하얀 사람들이 유럽이라고 부르는 곳이오. 그 땅을 내가 살아생전 발견했다오."

아, 이건 뭔가 단순한 오해만은 아니구나 싶어서 나는 캐물었지요.

"그 얘기를 좀 더 자세히 해 줄 수 있나요?"

"어려울 것 없지요. 하루는 형제들과 함께 배를 타고 바다를 건너 동쪽으로 갔다오. 뭐, 보물을 찾으러 간 건 아니고 바다가 도대체 얼마나 넓은지 알고 싶어서 그랬지요. 한 달 보름 동안 항해한 끝에 드디어 우리는 신대륙을 발견했소. 그 땅에는 이미 하얀 사람들이 살고 있었지만, 우리에게는 어쨌든 새로운 땅이니 신대륙이지요."

"그래서요?"

"우리는 그 하얀 원주민들과 사이좋게 지내기를 바랐는데, 그 사람들은 우리를 보자마자 총으로 쏘아 죽이더군. 뭐, 이게 끝이오."

나는 한동안 머리가 멍했지만 곧 정신을 차리고 다시 물었습니다.

"그게 6백 년 전이면 당신은 콜럼버스보다 백 년쯤 일찍 아메리카와 유럽을 잇는 항로를 개척한 셈이군요. 그런데 왜 그 사실은 알려지지 않았을까요?"

"어쨌든 우리는 하얀 사람이 아니니까. 그리고 이건 덤으로 말해 두는데, 그 아메리카라는 이름도 웃기는 것이오. 왜 우리 땅을 하얀 사람 이름으로 부른단 말이오? 우리 땅 이름은 '테오티우아칸'이지. 옛날부터 그랬고, 앞으로도 그럴 거요."

나는 그 위대한 사람에게 경의를 표했습니다.

"당신이야말로 위대한 탐험가로 역사에 기록될 자격이 있건만 다른 사람한테 그 자리를 빼앗겼군요. 억울하지 않나요?"

"그게 무슨 의미가 있다고? 그저 남이 사는 땅에 갔을 뿐인 걸. 하얀 사람들 역사는 정말 우습지도 않아. 당신들도 제발 정신 차리시오."

나는 음식값을 치르고 그곳을 나왔습니다. 곧 날이 저물어 이승 가는 마지막 배를 탔고, 눈을 떠 보니 우리 집이더군요.

이것이 내가 전해 들은 저승 이야기의 전부입니다. 짐작하다시피 나는 다만 이야기꾼으로서, 들은 것을 여러분에게 그대로 전했을 뿐입니다. 굳이 사실인지 아닌지를 따지는 번거로움에 매달리지만 않는다면, 어떻습니까? 매우 흥미로운 이야기가 아닙니까?

숫자 나라 이야기

숫자 나라 이야기를 하겠습니다. 이 나라 사람들은 숫자를 너무 좋아해서, 모든 것을 숫자로 말하고 숫자로 생각합니다. 또 숫자로 이름을 짓고 숫자로 차례를 정합니다.

사람마다 자기를 나타내는 숫자가 있습니다. 그 숫자는 이름보다 중요합니다. 만약에 손님이 외상으로 물건을 사면서 "나는 김영수입니다" 하면 주인은 "그래서 뭐가 어쨌다는 거야?" 하지요. 그런 이름 따위는 아무런 의미가 없기 때문입니다. 하지만 자기 숫자, 이를테면 '8801011234567'이라고 하면 "좋아, 당신을 믿지. 이 물건을 외상으로 가져가도 좋아" 한답니다.

이 나라 사람들은 숫자가 아닌 것을 이해하는 데 심각한 어려움을 겪습니다. 이를테면 어떤 사람이 새로 산 옷을 설명하며 "그 옷 색깔은 가을 하늘처럼 파랗고, 깃은 무지개처럼 둥글며, 단추는 별처럼 반짝거려"라고 하면 어리둥절해서 다들 "무슨 말이야?" 합니다. 하지만 그 옷을 '225000'이라고 하면 금세 알아듣고 이렇게 감탄하지요. "야, 정말 좋은 옷을 샀네!"

또 어떤 사람이 새로 산 집을 일러 주며 "우리 집은 창문이 넓어서 햇빛이 아침에는 안방 문지방까지 들어왔다가 한낮이 되면 마루 끝으로 물러나지" 했다가는 웃음거리가 되기 십상입니다. 어쩌면 정신 나간 사람이라고 손가락질 받을지도 모르지요. 하지만 '33'이라고 간단히 숫자로 말하면 사람들은 쉽게 알아듣고 고개를 끄덕입니다. "응, 그만하면 네 식구가 살기에 나쁘진 않겠어."

처녀 총각이 짝을 만날 때도 숫자가 필요합니다. 자기가 원하는 숫자를 가진 사람, 서로에게 맞는 숫자를 가진 사람을 찾는 것이지요. 만약에 여러분이 그 나라에 가서 중매를 할 때 "그 사람은 노래를 잘 부르고 새콤달콤한 과일을 좋아해" 따위로 말했다가는 욕먹을 각오를 해야 할걸요. 반드시 "그 사람은

3000에 24야. 앞으로 10년 안에 4000에 33도 문제없을걸" 따위로 말해야 한답니다.

이 이상한 숫자들은 이 나라 사람들 운명을 결정짓는 숫자입니다. 앞엣것은 어른이 되면 누구나 갖게 되는 숫자로서, 보통은 네 자리입니다. 보다시피 3000이니 4000이니 하는 것이지요. 드물게는 7000이나 8000처럼 큰 숫자도 있고, 더 드물게는 0이 몇 개 더 붙은 어마어마한 숫자도 있는데, 말하나 마나 크면 클수록 좋은 것입니다.

뒤엣것은 대체로 두 자리입니다. 이를테면 18, 24, 33, 48 같은 숫자인데 가끔은 한 자리도 있고 드물게는 세 자리도 있습니다. 이 나라 사람들의 신분을 드러내는 데 이만큼 효과 있는 숫자는 없지요. 이를테면 100이 넘는 큰 숫자를 가진 사람은 귀족이고, 7이나 8처럼 한 자리 숫자를 가진 사람은 천민입니다. 네 자리 숫자든 두 자리 숫자든 숫자가 아예 없는 사람, 그러니까 0인 사람도 있는데 여러분도 짐작하다시피 이들은 이 나라의 골칫거리입니다.

그러나 뭐니 뭐니 해도 가장 괴상한 건 이 나라 아이들에게 딸린 숫자입니다. 아이들은 저마다 수많은 숫자를 차꼬처럼 주렁주렁 달고 살지요. 숫자마다 기준이 달라서, 어떤 숫자는 100이 가장 좋고 어떤 숫자는 300이 가장 좋으며 어떤 숫자는 1이 가장 좋습니다. 어른들은 그 숫자로 아이들을 한 줄로 세워 놓고 평가합니다. 아무리 착해도 숫자가 나쁘면 "사람 되긴 글렀어" 하고, 아무리 못되도 숫자가 좋으면 "크게 될 아이야" 하지요.

이 나라 어른들은 아이들을 줄 세우는 놀랄 만한 방법을 알고 있습니다. 그 방법이란, 같은 숫자가 나오면 그걸 더 잘게 쪼개는 것입니다. 8을 가진 아이들이 여럿이면 그것을 다시 8.1과 8.2와 8.3 따위로 나누는 식이지요. 8.1은 다시 8.11과 8.12와 8.13 따위로 나눕니다. 이렇게만 하면 아무리 많은 아이들도 다 한 줄로 세울 수 있답니다.

숫자 때문에 괴롭기는 여인들도 마찬가지입니다. 이를테면 44라는 숫자는 이 나라 젊은 여인들에겐 거의 신성하게 여겨지지요. 모두가 자기 몸을 이 숫자에 맞추려고 안간힘을 쓴답니다. 이건 참 설명하기가 쉽지 않군요. 혹시 여러분은 지나가는 나그네 몸을 자기 침대에 맞춰 자르는 거인 이야기를 들어 보셨나요? 바로 그 침대와 같은 숫자가 44랍니다. 자기 몸을 44에 맞추기 위해 밥을 굶는 사람, 밤낮으로 뛰는 사람, 심지어 몸을 칼로 베는 사람도 있으니까요.

어떤 숫자는 종종 다른 숫자를 의미 없게 만듭니다. 두 자리 숫자를 보기로 들면, 거의가 큰 쪽이 좋지만 때때로 큰 것이 작은 것보다 못할 때도 있습니다. 바로 뒤에 붙는 다른 숫자 때문이지요. 이를테면 48에 25000은 33에 28000보다 앞쪽 숫자는 크지만 뒤쪽 숫자가 작아서 차례가 뒤바뀐답니다. 뒤쪽 숫자는, 말하자면 모든 숫자를 압도하는 위대한 숫자인 셈입니다.

이제 그 숫자들 이름을 말할 차례입니다. 이름보다 중요한 기다란 숫자는 '주민등록번호'이고, 사람 신분을 나타내는 숫자 가운데 네 자리 숫자는 '연봉'이며 두 자리 숫자는 '아파트 평수'랍니다. 아이들이 차꼬처럼 차고 다니는 숫자에는 '점수'도 있고 '등수'도 있고 '등급'도 있지요. 여인들을 옥죄는 44라는 숫자는 '옷 치수'라나요. 그리고 그 모든 숫자를 압도하는 숫자, 그 앞에서 다른 숫자는 아무리 커도 맥을 못 추는, 그 위대한 숫자 이름은 바로 '가격'이랍니다.

하느님의 탄식

아득한 옛날, 이 세상 사람들은 짐승과 크게 다를 바 없었습니다. 짐승 가운데도 힘없고 가진 것 없고 어리석은 짐승에 가까웠지요. 하지만 사람한테 다른 짐승들에게 없는 것이 있었는데, 그게 뭔고 하니 바로 사랑이었습니다. 사람들은 먹을 것이 생기면 나누어 먹고, 추위가 닥치면 서로 온기를 나누었으며, 누군가 몸이 아프면 정성껏 보살폈습니다.

하느님은 이 모습이 보기에 참 좋았습니다.

"음, 사람이야말로 내가 만든 것 가운데 으뜸이로군. 저 착한 이들에게 뭔가 상을 주고 싶은데, 무엇이 좋을까? 옳지, 힘을 주는 게 좋겠군. 여태 힘이 너무 약해서 고생이 많았지."

하느님은 곧 사람들에게 힘을 내려 주었습니다.

여태까지 없던 힘이 새로 생기자, 많은 사람들은 하느님이 내려 준 힘을 먹고사는 일에 썼으며 또 그것으로 만족했습니다. 하지만 몇몇 사람들은 더 큰 힘을 원했습니다. 그이들은 일부러 필요도 없는 힘을 길렀습니다.

힘을 쓸데없이 많이 가지게 된 사람들은 그 힘으로 다른 사람들을 겁주고 부려 먹었습니다.

"나에게 먹을 것과 입을 것을 갖다 바쳐라. 그러지 않으면 때려 줄 테다."

이렇게 해서 세상에는 남을 부리는 사람과 부림을 당하는 사람이 생겨났습니다. 세상은 몇몇 힘센 자를 위해 죽도록 일하는 많은 약한 이들 한숨 소리로 가득 찼습니다.

이 모습을 본 하느님은 깜짝 놀랐습니다.

"사람들이 왜 저러지? 혹시 먹을 것 입을 것이 넉넉지 못해 그런 게 아닐까? 당장 필요한 것들을 내려 줘야겠군."

하느님은 서둘러 사람들에게 먹을 것과 입을 것을 비롯해 재물을 많이 내려 주었습니다.

여태까지 없던 재물이 새로 생기자, 많은 사람들은 하느님이 내려 준 재물을 먹고사는 일에 썼으며 또 그것으로 만족했습니다. 하지만 몇몇 사람들은 더 많은 재물을 원했습니다. 그이들은 닥치는 대로 재물을 모았습니다.

재물을 넘치게 갖게 된 사람들은 그 재물을 밑천 삼아 더 많은 재물을 모았습니다. 그리하여 몇몇 부자들은 날이 갈수록 점점 더 부유해졌고, 많은 가난뱅이들은 날이 갈수록 점점 더 가난해졌습니다. 마침내 부자들 곳간에 재물이 쌓여 썩는 냄새와 가난뱅이들이 배고파 울부짖는 소리가 하늘까지 닿았습니다.

하느님은 몹시 슬펐습니다.

"어쩌다 사람들이 저렇게 됐을까? 아무래도 너무 어리석어서 그런 것 같으니, 저들을 좀 더 똑똑하게 만들어 주는 수밖에 없겠군."

하느님은 사람들에게 골고루 지식을 내려 주었습니다.

여태까지 없던 지식이 새로 생기자, 많은 사람들은 하느님이 내려 준 지식을 먹고사는 일에 썼으며, 또 그것으로 만족했습니다. 하지만 몇몇 사람들은 더 많은 지식을 원했습니다. 하지만 지식을 얻는 게 쉬운 일이 아니었으므로 그이들은 거짓으로 지식을 만들어 냈습니다.

이를테면 어떤 사람은 이렇게 말했습니다.

"나는 세상에 하나뿐인 진리를 알고 있다. 그것은 '얼툴망칢뽄훼쌩쾅숫궤뚝넋'이다. 무슨 말인지 모르겠다고? 그건 너희가 무식한 탓이다. 돈을 많이 가져와 나에게 바치고 내 발에 입맞춤하면 가르쳐 주마."

많은 사람들이 세상에서 하나뿐인 진리를 알기 위해 그이에게 돈을 갖다 바치고 그 발에 입맞춤했습니다. 그렇게 해서 제자가 된 사람은 또 다른 거짓 지식을 만들어 세상 사람들에게 팔았습니다. 마침내 너무 많은 지식이 너무 많은 사람들 입에서 나와 너무 많은 돈에 거래되었습니다.

그 모습을 지켜본 하느님은 크게 탄식했습니다.

"이제 보니 사람이야말로 내가 만든 것 가운데 최악이잖아.

저런 생물에게 힘과 재물과 지식을 내려 주었다니, 이건 내가 한 실수 가운데 가장 부끄럽고 돌이킬 수 없는 것이야. 이제 나는 손을 뗄 테다."

이야기는 이것으로 충분하겠지만, 혹시나 이쯤에서 이런 궁금증이 생기지는 않았나요? 하느님도 두 손 들어 버린 이 세상이 왜 아직 망하지 않고 견뎌 나가는지? 그건, 힘과 재물과 지식 가운데 그 어떤 것도 하느님이 내려 준 만큼만 갖고 더는 탐내지 않는 사람이 아직은 세상에 조금 남아 있기 때문이랍니다. 또 힘을 가지고도 남을 부리지 않고, 재물을 가지고도 더 많은 재물을 탐내지 않고, 지식을 가지고도 남을 홀리지 않는 사람이 아직은 세상에 조금 남아 있기 때문이랍니다.

위대한 경전

옛날에 한 나라가 있었습니다. 이 나라 백성들은 굉장한 신을 믿었는데, 이것이 오늘 이야깃거리입니다.

이 나라 백성들이 믿는 신은 그 힘이 엄청나게 세어서, 사람 운명을 마음대로 쥐락펴락할 수 있었습니다. 신의 은총을 많이 입은 사람은 행복에 겨워했지만, 신에게서 버림받은 사람은 괴로움에 몸부림쳐야 했습니다. 심지어 신 때문에 미쳐 버린 사람, 마음이 병든 사람, 목숨을 끊거나 잃은 사람도 있었습니다.

백성들 가운데는 신을 미치도록 사랑하는 사람도 있었고, 우러러보고 섬기는 사람도 있었지만, 대부분은 그저 좋아하는 정도였습니다. 하지만 드물게는 그다지 좋아하지 않는 사람도 있었습니다. 그러나 신을 섬기지 않거나 좋아하지 않는 사람이라도, 신이 필요하다는 데는 딴죽을 걸지 않았습니다. 신 없이는 못 산다는 말에도 모두들 군말 없이 고개를 끄덕였습니다.

"신이 우리를 행복하게 해 줄 거야."

많은 어른들은 이렇게 말했습니다.

"신을 가까이하는 길만이 우리가 살길이다."

이렇게 말하는 어른도 있었습니다.

아이들은 이런 말들을 들으며 조금씩 신앙심을 키워 갔습니다. 신이 얼마나 위대한 힘을 가지고 있는지를 배움으로써 아이들은 조금씩 어른이 되어 갔습니다.

그러나 뭐니 뭐니 해도 이 나라에서 신앙심이 가장 깊은 무리는 무당들과 박수들이었습니다.

무당들은 누구보다도 신을 우러르고 떠받들었습니다. 신을 위해서라면 어떤 일도 마다지 않는 것이 그이들이었지요. 글쎄요, 모르긴 해도 도둑질보다 훨씬 더 나쁜 일도 서슴없이 할 것입니다. 신의 은총을 얻기 위해서라면 말이지요,

박수들은 무당들을 에워싸고 그 몸을 지켜 주었습니다. 그이

들은 종종 무당들이 나누어 주는 신의 은혜를 받아먹으며 신앙심을 배웠습니다. 무당들만큼 신 가까이 가지는 못해도, 신을 섬기는 일이라면 물불을 가리지 않는 것이 박수들이었지요.

무당들과 박수들은 자기들이 신을 떠받드는 데 그치지 않고, 모든 백성들이 신을 믿고 따르도록 끊임없이 교화시켰습니다. 그러던 중 그이들은 드디어 신을 가장 잘 섬기는 방법을 적은 경전을 만들어 내기에 이르렀습니다. 경전은 두 권이었는데, 그 이름을 통틀어 '위대한 경전'이라 했습니다.

무당들과 박수들은 백성들 가운데 경전을 부정하거나 가벼이 보는 이들을 용납하지 않았습니다. 경전이 결코 사람을 행복하게 해 줄 수 없다고 말하는 사람은 물론이고, 경전이 훌륭하긴 하지만 단 하나뿐인 진리는 아니라고 말하는 사람까지 잡아다 벌주었습니다. 신의 은총을 골고루 나누어 가져야 한다고 주장하는 사람도 잡아갔는데, 그 까닭은 경전에 적힌 말과 달랐기 때문이었습니다.

잡혀 온 사람들은 모두 반역죄와 불경죄로 다스려졌습니다.

"감히 경전을 부정하다니, 불순하고 불온한 짓이다."

죄인들은 감옥에 갇혀 굶주리고 매를 맞았습니다. 그러다가 이제부터 신앙심을 갖고 경전을 잘 믿겠노라고 다짐하는 이들은 풀려났지만, 그렇지 않은 이들은 더 큰 벌을 받았습니다. 심지어 굶주림과 매를 견디다 못해 죽는 사람까지 있었습니다. 그것을 본 무당들과 박수들은 이렇게 말했습니다.

"거룩한 경전을 지키기 위해서라면 작은 희생쯤은 어쩔 수 없다."

그렇게나 애를 썼건만 나라 안에 불온한 움직임이 그치지 않았기 때문에, 무당들과 박수들은 그 뿌리를 뽑기 위해 이교도들이 몰래 들여온 불순한 책들을 모두 찾아내어 불에 태웠습니다. '위대한 경전의 흠결'이니 '모두 함께 누리는 신의 은총' 또는 '참된 행복은 어디에 있는가?' 따위의 책들이 수레에 가득 실려와 불 속에 던져졌습니다. 매캐한 연기가 온 나라를 뒤덮었고, 나라 안 모든 책방과 도서관은 그을음으로 얼룩졌습니다.

자, 이제 그 뒷일을 이야기할 차례입니다.

오랜 세월이 흐른 뒤, 무슨 까닭인지 그 나라는 멸망하여 쑥대발이 되었습니다. 하루는 한 나그네가 그 쑥대밭을 지나다가 이끼 낀 돌무더기 속에서 '위대한 경전' 두 권과 그에 얽힌 비밀을 찾아냈습니다.

여러분은 놀라지 마십시오. 경전 두 권의 제목은 각각 '자본주의'와 '시장경제'였고, 무당과 박수의 본디 이름은 각각 '재벌'과 '권력'이었으며, 그 모든 것의 어머니라고 할 수 있는 위대한 신은, 다름 아닌 '돈'이었습니다.

머루족과 다래족

옛날에 머루족과 다래족이 있었습니다.

머루족은 일찍이 바다 건너편에 사는 다래족을 '발견'하였습니다. 머루족 눈에 비친 다래족은 미개한 야만인들이었으며, 삶은 비참하기 짝이 없었습니다. 그래서 머루족은 다래족에게 자기네 문명을 아낌없이 전해 주었습니다.

머루족 어른들은 이 자랑스러운 역사를 아이들에게 가르쳤습니다.

"우리 선조들은 다래족에게 말과 글을 가르쳤단다."

"그 사람들은 말할 줄도 글을 쓸 줄도 몰랐나요?"

"그 야만인들이 할 줄 아는 거라고는 그저 새 울음 같은 소리를 내고, 나무껍질에 이상한 그림을 그리는 것뿐이었지."

머루족 아이들은 웃음을 터뜨렸습니다.

"우리 선조들은 또 다래족에게 집 짓는 법과 옷 만드는 법, 그리고 음식 먹는 법도 가르쳤단다."

"그런 것까지 다 가르쳤다고요?"

"우리 선조들이 가르쳐 주기 전에 그 야만인들이 어떻게 살았는지 아니? 풀을 얹은 흙구덩이에서 살면서 나무껍질로 짠 멍석을 입고 이상한 나무 열매와 풀씨를 먹었다더구나."

머루족 아이들은 자기들이 문명인인 머루족으로 태어난 것을 다행으로 여겼습니다.

"그런데 참 태생은 어쩔 수 없나 보더라. 우리 선조들이 그렇게 잘 가르쳐 주었는데도 그 야만인들 삶이 별로 나아지지 않는 걸 보면……."

"그 사람들은 아직도 그렇게 살고 있나요?"

"비참하게 살고 있지. 아이들은 굶어 죽고, 어른들은 전쟁을 일으켜 서로를 죽이고, 몹쓸 병에 걸려 죽는 사람도 셀 수 없이 많으니까."

세월이 흐른 뒤 머루족 아이 중 하나가 어른이 되어 다래족

사는 곳을 찾아갔습니다.

이미 많은 다래족들은 머루족 말을 하고 머루족 글을 쓰고 머루족처럼 집을 짓고 머루족이 만든 옷을 입고 머루족 음식을 먹고 있었습니다.

그런데 아직도 옛 다래족 풍습을 지키며 사는 사람들이 있다는 말을 듣고, 머루족 젊은이는 그 마을을 찾아갔습니다. 과연 그 마을 사람들은 이상한 말을 하고 풀을 얹은 흙집에서 살며, 나무줄기로 짠 옷을 입고 처음 보는 열매를 먹었습니다. 머루족 젊은이는 마을에 있는 한 노인에게 물었습니다.

"당신들은 왜 아직도 문명을 받아들이지 않고 야만스럽게 사는 겁니까?"

"그게 무슨 말이오?"

"나는 알고 있어요. 우리 선조들이 가르쳐 주기 전까지 당신들은 말도 못 하고 글도 못 썼지요. 기껏 새 울음 같은 소리를 내며 땅에 이상한 그림을 그렸다고 들었습니다."

"당신네 선조들은 우리가 쓰는 말과 글을 이해 못 했을 뿐이오. 우리 선조들은 그때 당신네 종족 말을 듣고 멧돼지 울음 같다고 여겼고, 당신네 종족 글을 보고는 미친 사람이 그린 그림이라고 생각했다오."

"말과 글은 그렇다 쳐도, 풀을 얹은 흙구덩이에서 살고 나무 껍질로 짠 멍석을 입고 이상한 나무 열매와 풀씨를 먹는 건 뭐지요?"

"우리 선조들은 머루족 집을 무당이 쌓은 돌무더기, 머루족 옷은 닳아빠진 가죽 보자기, 머루족 음식은 독수리가 먹다 버린 썩은 고깃덩이라 여겼다오. 아직도 모르겠소? 우리 두 종족은 다만 풍습이 달랐을 뿐이오."

"어쨌든 우리 머루족 문명이 앞섰다는 건 인정해야 할 겁니다. 그렇지 않으면 왜 많은 다래족들이 우리 머루족 말과 글을 쓰고 머루족 집과 옷과 음식에 파묻혀 살겠습니까?"

"그건 당신네 선조들이 강요했기 때문이오. 당신네 강요에 따르지 않은 죄로 얼마나 많은 사람들이 죽었는지 아시오?"

"그럼 아이들이 굶어 죽고, 어른들은 전쟁을 일으키고, 몹쓸 병에 걸려도 못 고치는 건 어떻게 설명할 겁니까?"

"물으니 말해 주리다. 아이들이 굶는 건 당신들이 물자를 빼앗아 갔기 때문이고, 어른들이 싸우는 건 당신네 군대가 무기를 대며 싸움을 부추겼기 때문이오. 몹쓸 병은 바로 당신네 종족이 퍼뜨린 것이오. 머루족이 쳐들어오기 전까지 이곳에 병은 없었으니까. 왜 병을 못 고치느냐고 물었소? 이 땅에서 나는 약재란 약재는 모두 당신네 장사꾼들이 싹쓸이해 갔기 때문이오."

한숨을 쉬고 나서 다래족 노인은 덧붙였습니다.
"당신네 선조들이 무기를 만드는 동안 우리 선조들은 연장을 만들었고, 당신네 선조들이 산과 들과 바다를 정복하는 동안 우리 선조들은 산과 들과 바다와 함께 살아왔을 뿐이오. 도대체 무엇이 문명이고 무엇이 야만이라는 거요?"

두 핏줄

멀고 먼 옛날, 사람이 동굴에서 살던 때 이야기입니다. 그때 이 땅 위에는 두 종족이 살았습니다. 한 종족은 힘을 숭배하고 싸움을 즐기는 '싸움꾼'족이었고, 다른 한 종족은 아름다움을 기리며 평화롭게 사는 '순둥이'족이었습니다.

먼저 싸움꾼족 이야기부터 하겠습니다. 이들은 아기가 태어나면 맨 먼저 몸무게부터 달았습니다. 그래서 장애가 있거나 몸이 너무 약하면 곧바로 산속에 갖다 버렸습니다. 그것이 이 종족의 첫출발입니다.

아이들이 걸음마를 시작하면 어른들은 싸움 기술을 가르쳤습니다. 어떻게 하면 남과 싸워서 이길 수 있는지, 어떻게 하면 남보다 빨리 원하는 것을 차지할 수 있는지를 가르쳤지요. 나이가 더 들면 또래들과 싸움을 붙였습니다. 서로 가진 것을 뺏고 뺏기는 처절한 싸움 끝에 자연스레 서열이 매겨졌습니다. 부모들은 자식의 승리를 위해 물불을 가리지 않았습니다.

어른이 되면 모든 이들이 서로 싸워 서열을 매겼습니다. 이기면 서열이 올라가고 지면 내려갔습니다. 모든 이들이 잘 싸우는 차례대로 줄을 서서, 윗사람에게 복종하고 아랫사람을 부렸습니다. 오직 위아래가 있을 뿐 옆자리 따위는 없었습니다.

불과 쇠를 쓸 수 있게 되자, 싸움꾼족은 이렇게 외쳤습니다.

"야, 이제 쇠를 불에 녹여 무기를 만들 수 있겠구나!"

곧 단단하고 날카로운 무기가 만들어졌고, 무기를 든 무리들이 이웃 마을로 쳐들어갔습니다. 이긴 편은 마을을 불태우고, 마을 사람들을 데려가 종으로 부렸습니다. 그리고 마을에 있는 모든 쓸모 있는 물건들을 빼앗았습니다.

이긴 편은 빼앗은 물건을 써서, 그리고 끌고 온 종들을 부려서 더 많은 무기를 만들었습니다. 사람을 치고 베고 찌르는, 그리고 집과 마을을 부수는 갖가지 무기들을 만들었습니다. 그 무기를 들고, 이긴 편은 또 다른 마을로 쳐들어갔습니다. 약한 마을은 점점 사라지고, 힘센 편은 점점 그 힘이 커졌습니다.

이제 순둥이족 이야기를 하겠습니다. 이들은 아기가 태어나면 포근하게 감싸 주어 사랑 받는 느낌이 어떤 것인지를 알게 해 주었습니다. 몸이 약하거나 장애가 있는 아기일수록 더 정성껏 보살펴 주었습니다. 어디서 어떤 모습으로 태어났건 차별하지 않았습니다.

아이들이 걸음마를 시작하면 어른들은 남과 어울려 사는 법을 가르쳤습니다. 또한 세상에 소중하지 않은 것은 하나도 없다는 것도 일깨워 주었습니다. 나이가 더 들면 농사짓고 고기 잡으며 사는 법을 가르쳤습니다. 그림 그리는 법과 그릇 만드는 법, 춤과 노래도 가르쳤습니다. 밤이 되면 별과 달을 쳐다보며 아이들에게 옛이야기를 들려주었습니다.

어른이 되면 모든 이들이 서로 어울려 살았습니다. 이들에게 서열 따위는 필요치 않았습니다. 지배도 없고 복종도 없었습니다. 아무도 남을 부리려 하지 않았고, 아무도 남의 명령을 기다리지 않았습니다. 모두가 동무였고 모두가 이웃이었습니다.

불과 쇠를 쓸 수 있게 되자 순둥이족은 이렇게 외쳤습니다.

"야, 이제 쇠를 불에 녹여 좋은 보습을 만들 수 있겠구나!"

곧 좋은 보습이 만들어졌고, 사람들은 보습으로 땅을 일구고 씨를 뿌렸습니다. 땅은 전보다 더 기름지게 되었고, 당연하게도 더 많은 곡식이 나왔습니다. 이들은 쇠를 품고 곡식을 내어 준 땅에 고마워하며 더 부지런히 일했습니다.

곳곳에 아름다운 집을 지었고 예쁜 그릇을 만들었으며 멋진 그림을 그렸습니다. 어른들 가슴을 울리는 노래와 아이들 마음을 사로잡는 이야기도 지었습니다. 붓과 물감을, 종이와 책을, 악기와 악보를 발명했습니다. 사람들은 마음껏 아름다움을 누렸고 마을은 나날이 번성했습니다. 세상은 웃음소리와 노랫소리로 가득 찼습니다.

이제 두 종족이 어떻게 합치게 되었는지를 이야기할 차례입니다. 싸움꾼족은 단단하고 날카로운 무기로 순둥이족을 무찔렀습니다. 순둥이족이 그토록 공들여 만들어 낸 모든 것이 한 순간에 불타고 무너졌습니다. 싸움꾼족은 순둥이족에게 가장 낮은 서열을 주어 종으로 부렸습니다. 순둥이족 사람들은 모두 침략자의 종이 되었지만, 어느 누구도 마음까지 지배당하지는 않았습니다. 왜냐하면 처음부터 그이들은 자유인이었기 때문입니다.

세월이 흘러 두 종족의 피는 섞였고, 겉보기로는 모두 똑같은 사람이 되었습니다. 하지만 오늘날까지 두 종족의 피는 뚜렷이 우리 몸에 남아 있답니다.

오늘도 세상에는 평화를 이루기 위해 애쓰면서 아름다움을 만들고 지키는 사람이 있고, 남을 지배하기 위해 끊임없이 싸우면서 뭔가를 자꾸만 파괴하는 사람이 있습니다.

당신에게는 어느 종족의 피가 더 많이 흐르고 있습니까?

보라색이 금지된 나라

옛날, 한 장사꾼이 배를 타고 장사를 하러 가다가 풍랑을 만나 표류하던 끝에, 난생처음 보는 나라에 닿았습니다. 이 이야기는 그 장사꾼이 하는 말을 그대로 옮긴 것입니다.

그 나라는 처음 보는 나라였지만, 모든 것이 우리와 똑같았습니다. 산과 들, 마을과 논밭도 낯익었고, 사람들이 쓰는 말도 먹는 음식도 같았습니다. 다만 다른 것이 하나 있었는데, 이제부터 그 이야기를 하겠습니다.

나는 그때 보라색 옷을 입고 있었지요. 그런데 사람들이 나를 보자 이상한 행동을 보였습니다. 놀라거나 손가락질하거나 수군거리거리는 사람도 있고, 욕을 퍼붓거나 돌팔매질을 하는 사람도 있었습니다. 곧 포졸들이 달려와서 나를 오랏줄로 묶고 어디론가 끌고 갔습니다. 나는 영문을 모른 채 끌려갔지요.

얼마 뒤, 나는 그 나라 임금 앞에 섰습니다. 임금은 나를 보자 대뜸 소리쳤습니다.

"바른대로 고하여라. 그 보라색 옷은 어디서 났느냐?"

나는 겁이 났지만 또박또박 말했습니다. 이 옷은 어머니가 지어 준 것이며, 배를 탈 때부터 입었던 옷이라고요. 그리고 덧붙였습니다. 무슨 사정이 있는지는 모르지만 손님을 이리 박대하는 건 옳지 않으니 정중하게 대해 달라고 말입니다. 내 말이 끝나자 임금은 좌우에 늘어선 신하들을 둘러보며 말했습니다.

"들었느냐? 저놈이 우리더러 정중하게 대해 달라고 하는구나. 보라색 옷을 입고서 말이지."

신하들은 기막히다는 표정을 지었고, 임금은 다시 큰소리로 명령했습니다.

"여봐라, 저 대역 죄인을 당장 옥에 가두어라."

옥졸이 달려들어 내 목에 칼을 씌웠습니다. 이렇게 해서 나는 하릴없이 옥에 갇히는 신세가 되었지요. 하지만 이것은 앞으로 겪을 고초에 견주면 아무것도 아닙니다. 그 뒤로 나는 날마다 지긋지긋한 심문에 시달려야 했으니까요. 날만 새면 임금과 판관과 옥졸이 번갈아 가며 나를 불러 다그쳤습니다.

"자, 바른대로 대라. 왜 보라색 옷을 입었느냐?"

"글쎄 몇 번을 말해야 합니까? 어머니가 지어 주신 옷이라고요. 도대체 보라색 옷이 뭐 어쨌기에 이러는지 까닭이나 알려 주십시오."

"뭐라고? 정녕 그 까닭을 몰라서 묻는 것이냐?"

"정말로 모르겠습니다. 보라색 옷을 입으면 왜 안 된다는 것입니까?"

"저, 저런 고약한 놈을 봤나? 눈썹도 까딱 않고 감히 그런 말을 하다니. 천벌 받을 역적 불한당 같으니라고!"

심문은 늘 이런 식으로 끝났습니다. 답답하고 억울한 마음 풀 길도 없이 하루하루가 지나갔습니다. 그러는 동안 나는 점점 보라색이 싫어졌습니다. 그놈의 보라색 때문에 이 고생을 한다고 생각하니 그럴 수밖에요.

이러구러 한 달이 지났습니다. 하루는 점잖게 생긴 관리가 나를 심문했습니다. 그 관리하고는 뭔가 말이 통할 것 같아서 나는 열심히 나의 결백을 주장했습니다. 가만히 듣고 있던 관리가 입을 열었습니다.

"자네는 정말로 아무것도 모르는 것 같군. 우리 나라에서 보라색은 금지된 색깔이라네. 쓰지도 입지도 먹지도 못하지. 물론 추어올리는 말을 함부로 입에 올려서도 안 된다네."

"그럴 리가……."

관리가 손가락을 들어 내 입을 똑바로 겨누었습니다.

"바로 그렇게 의심하는 듯한 말을 내뱉는 것도 죄가 되지. 이번 한 번은 봐주겠지만……. 보라색이 나쁘다는 것은 절대로 의심하면 안 되네. 그것은 해가 동쪽에서 뜨는 것처럼 명백한 사실이니까."

"예? 보라색이 나쁜 색깔이라고요?"

"글쎄 그렇게 의심하는 듯한 말을 함부로 내뱉지 말라고 하지 않았나? 이 나라에서 보라색을 아무렇지 않게 여기는 사람은 적의 첩자뿐일세. 그러니 자네가 의심받는 건 당연해."

"하지만 어떻게……? 사람은 그렇다 치고 저절로 생긴 것은? 제비꽃이나 무지개는 옥에 가둘 수 없지 않습니까?"

"제비꽃 같은 것은 없어진 지 오래라네. 우리가 일찌감치 다 없애 버렸지. 그리고 무지개에는 본디 보라색이 없다네. 빨주

노초파남, 이렇게 여섯 색깔뿐이지. 그런 건 어릴 때부터 배워서 누구나 알지."

이 대목에서 나는 아무 대꾸도 하지 않았는데, 그것은 정말 그럴지도 모른다는 생각이 들었기 때문입니다.

"자, 이제 보라색이 얼마나 나쁜지 알았으면 앞으로 그걸 쓰지도 입지도 먹지도, 추어올리는 말을 함부로 입에 올리지도 말 것을 맹세하겠나?"

여기서 나는 별로 망설이지 않고 맹세했는데, 그것은 보라색이 이미 충분히 싫어졌기 때문입니다.

"좋아, 그런데 또 몇 가지 지켜야 할 것이 더 있다네. 그건 보라색을 쓰거나 입거나 먹거나 추어올리는 말을 함부로 입에 올린 사람을 가까이해서도 안 된다는 걸세."

"예?"

"그런 사람과 만나도 안 되고 얘기를 해도 안 되고, 그런 사람이 사는 곳에 가도 안 되고, 갔다가 돌아와도 안 되지. 그렇게 할 수 있겠나?"

이번에도 나는 크게 망설이지 않고 맹세했는데, 그것은 보라색이라면 이제 거들떠보기도 싫어졌기 때문입니다.

"참, 한 가지 잊을 뻔했군. 보라색을 쓰거나 입거나 먹거나 추

어울리는 말을 함부로 입에 올린 사람을 보고 가만히 있어도 안 되네. 그것도 죄가 되지."

"가만히 있어도 안 된다고요? 그러면 어떻게?"

"몰라서 묻나? 관가에 알려야 한단 말일세. 나쁜 사람이나 첩자를 보면 마땅히 고변하는 게 백성 된 도리 아닌가."

나는 고개를 끄덕였습니다. 그리고 이제야 알았습니다. 처음에 나를 본 사람들이 왜 이상하게 행동했는지, 그리고 왜 그 뒤에 곧장 포졸들이 나타났는지를 말이지요.

"자, 이제 알았으면 '보라색은 나쁘다'를 종이에 삼만 번 쓰게. 그 종이를 임금님께 바치면 자비를 베풀어 주실지도 모르니까."

'보라색은 나쁘다'를 종이에 삼만 번 쓰는 데 며칠이 걸렸는지 나는 모릅니다. 날짜를 세어 보지 않았으니까요. 한 가지 분명한 것은, 나는 이제 정말이지 '보' 자만 들어도 소름이 끼칠 만큼 보라색이 싫어졌다는 것입니다.

나도 미쳐 버린 걸까요?

진실의 법정

(장사꾼의 모험은 이어집니다.)

보라색을 싫어하는 나라를 떠난 나는 배를 타고 가다가 또 풍랑을 만나 다른 나라로 흘러 들어갔습니다. 바닷가로 떠밀려 간 나는 포졸들에게 잡혀 그 나라 임금이 사는 궁궐로 갔습니다. 임금은 키가 매우 작았고 눈빛이 아주 사나웠으며 말을 심하게 더듬었습니다. 내가 고향으로 돌아가고 싶다고 하자, 임금이 사나운 눈빛으로 나를 쳐다보고 말했습니다.

"만, 만약에 네, 네가 진실의 법정에서 거, 거짓말을 하지 않는다면 고, 고향으로 보내 주겠다고 약, 약속하마."

나는 곧 '진실의 법정'이라는 으리으리한 방으로 끌려갔습니다. 재판관들이 위엄을 갖추고 물었습니다.

"네가 만난 이 나라 임금님은 키가 크시더냐, 작으시더냐?"

"매우 작으셨습니다. 별명이 땅딸보인 나도 내려다볼 정도였는걸요."

나는 망설이지 않고 대답했습니다. 그러자 재판관들은 얼굴을 찡그리고 수군거리더니, 입을 모아 판결을 내렸습니다.

"거짓말에는 고통이 따르는 법이지. 석 달 동안 옥에 가둘 것이니 진실을 배우는 기회로 삼으라."

석 달 동안 감옥 안에서 나는 생각하고 또 생각했습니다.

'이상하다, 이 나라 임금은 키가 매우 작았는데……. 재판관들은 대체 왜 그랬을까?'

'혹시 내가 잘못 본 건 아닐까? 아니야, 절대 그럴 리 없어. 아무리 생각해도 임금 키는 작았어. 그건 틀림없는 사실이고, 누가 뭐래도 바뀌지 않아.'

'하지만 다음에도 그렇게 말하면 나는 또 옥에 갇히겠지.'

석 달이 지나 나는 또 다시 진실의 법정에 섰습니다. 재판관들은 석 달 전과 똑같이 엄숙한 목소리로 물었습니다.

"다시 묻겠다. 우리 임금님은 키가 크시더냐, 작으시더냐?"

"임금님은 키가 매우 컸습니다. 모두가 우러러볼 만큼이요."

나는 손짓까지 해 가며 열심히 대답했습니다. 그제야 재판관들은 고개를 끄덕이더니, 다시 물었습니다.

"임금님 눈빛은 부드러우시더냐, 사나우시더냐?"

"아주 사나우셨습니다. 마치 송곳으로 찌르는 것 같았지요."

나는 서슴없이 대답했습니다. 그러자 재판관들은 못마땅한 표정으로 숙덕거리더니, 곧 다음과 같은 판결을 내렸습니다.

"너에게 진실의 길은 아직 먼가 보구나. 옥살이 아홉 달이면 죄를 뉘우치기에 충분하겠지."

아홉 달 동안 감옥 안에서 나는 생각하고 또 생각했습니다.

'이상하다, 이 나라 임금은 눈빛이 아주 사나웠는데……. 대체 어찌 된 일이지?'

'혹시 내가 착각했을까? 아니야, 그럴 리 없어. 아무리 생각해도 임금 눈빛은 사나웠단 말이야. 그건 틀림없는 사실이고, 누가 바꾸란다고 바뀌는 건 아니지.'

'하지만 다음에 또 그렇게 말했다가는 다시 옥에 갇히겠지. 아, 생각하기도 싫어.'

아홉 달이 지나 나는 또 다시 진실의 법정에 섰습니다. 재판관들은 아홉 달 전과 똑같이 엄숙한 목소리로 물었습니다.

"다시 묻겠다. 우리 임금님은 눈빛이 부드러우시더냐, 사나우시더냐?

"무척이나 부드러우셨습니다. 차디찬 눈과 얼음도 다 녹일 것 같았지요."

나는 크고 똑똑한 목소리로 대답했습니다. 그제야 재판관들은 고개를 끄덕이더니, 다시 물었습니다.

"임금님이 말은 잘 하시더냐, 못 하시더냐?"

"예, 말을 심하게 더듬……."

나는 말을 하다 말고 머뭇거렸습니다. 짧은 순간에 많은 생각이 떠올랐습니다.

'임금은 틀림없이 말을 심하게 더듬었는데……. 하지만 그렇게 말하면 틀림없이 옥에 갇히겠지? 그럼 달리 말해야겠군. 내가 본 것 따윈 아무래도 상관없어. 또다시 옥살이를 하긴 싫거든.'

나는 얼른 말을 돌렸습니다.

"……지 않고 아주 잘 하셨습니다. 무척이나 훌륭한 웅변가셨지요."

대답이 끝나자 재판관들은 만족스러운 얼굴로 고개를 끄덕이더니, 드디어 마지막 판결을 내렸습니다.

"이제 너는 이 진실의 법정에서 진실만을 말하는 데 성공하였다. 임금님께 아뢰어 너를 고향으로 돌려보내 주마."

나는 아직도 똑똑히 기억합니다. 그 나라 임금은 키가 작고 눈빛이 사납고 말을 더듬었습니다. 그러면 과연 진실이란 무엇일까요? 실제로 있는 것일까요, 다만 알려진 것일까요? 아니면 누군가 원하는 것일까요?

할 말은 하는 나팔수

(장사꾼의 모험은 이어집니다.)

'진실의 법정'에서 겨우 풀려난 나는 배를 타고 고향으로 가다가 다시 풍랑을 만나 또 다른 나라로 가게 되었습니다. 그리고 여느 나라에서처럼 임금을 만났지요.

이 나라 임금은 내 모험 이야기를 듣더니 이렇게 말했습니다.

"운명이 너를 이 나라로 이끈 것 같으니 마음 편히 며칠 쉬면서 즐기도록 하라. 옳거니, 나팔수를 따라다니며 여기저기 구경하는 것도 좋겠군. 여봐라, 이 사람을 나팔수에게 데려다주어라."

임금의 명령에 따라 나는 곧 나팔수라 불리는 사람에게 안내

되었습니다. 나팔수는 손에 번쩍이는 나팔을 들고 허리에는 붓과 벼루가 든 주머니를 차고 있었습니다. 그이가 말했습니다.

"잘 왔네. 이제부터 나와 함께 이 나라 곳곳을 돌아보세. 새로운 소식을 기다리는 백성들을 위해 이야깃거리를 장만해야지."

알고 보니 나팔수는 새 소식을 전하는 사람이었습니다. 나라 곳곳에서 일어난 일을 잘 보고 듣고 적어서 백성들에게 알려 주는 것이 맡은 일이었습니다.

나는 먼저 나팔수를 따라 산 너머 마을로 갔습니다. 그 마을 관청에 재판이 있다고 하여 간 것입니다. 과연 관청에는 원님이 높은 마루에 앉아 형틀에 묶인 죄인을 문초하고 있습니다. 들자니 원님 이름은 '변학도'요, 죄인 이름은 '성춘향'이라 합니다. 우리는 마당가에 자리를 잡고 그 모습을 지켜보았습니다.

"그래, 아직도 수청을 못 들겠다고 하느냐?"

"예, 못합니다."

"죽어도 못하겠느냐?"

"죽어도 못합니다."

"나랏법에 관장을 거역하고 조롱하는 죄인은 엄히 벌하도록 되어 있느니라."

"그럼 남의 아내를 빼앗는 자는 어찌하라 되어 있습니까?"

"뭐라고? 저런 발칙한 것이 있나. 여봐라, 저 죄인을 매로 다스려라!"

여기까지만 보고 곧 밖으로 나와 버렸으므로, 그 뒤에 일어난 일을 나는 잘 알지 못합니다. 나팔수는 재판이 끝나고 구경꾼들이 흩어진 뒤에도 꽤 오래 관청에 남아 있다가 밖으로 나왔습니다. 까닭을 물으니 원님을 만나 더 자세한 사연을 들어 보았다고 하더군요.

산 너머 마을을 떠난 우리는 곧장 강 건너 마을로 갔습니다. 그 마을에 사는 형제 사이에 다툼이 일어났다 하여 간 것입니다. 과연 어느 기와집 마당에는 형이 동생을 을러대고 있습니다. 듣자니 형 이름은 '놀부'요, 아우 이름은 '흥부'라 합니다. 우리는 담 너머로 그 모습을 지켜보았습니다.

"네 이놈 흥부야, 너도 이제 다 컸으니 나가 살아라."

"아이고, 형님. 이 엄동설한에 집을 나가면 무얼 먹고 살라고 그러십니까?"

"그건 내 알 바 아니니 어서 나가거라."

"그럼 아버지께서 물려주신 재산을 조금이라도 나누어 주십시오. 형님도 자식이고 저도 자식 아닙니까."

"저놈이 못하는 소리가 없구나. 어떻게 형과 동생이 같단 말이냐?"

"그럼 며칠 동안만이라도 먹고살게 쌀 한 됫박만 주십시오."

"네놈의 심보가 정녕 도둑놈 심보로구나. 팔자대로 살아야지 형을 뜯어먹고 살려느냐? 잔말 말고 당장 나가!"

형이 몽둥이를 들고 을러대는 바람에 더 보기가 민망하여 나는 곧 그 자리를 떠났습니다. 이번에도 나팔수는 집 안으로 들어가 한동안 놀부와 이야기를 나눈 다음 밖으로 나왔습니다. 까닭을 물으니 원인을 확실히 알기 위해 당사자에게 몇 가지 물어 봤다고 말했습니다.

우리는 다시 궁궐이 있는 큰 마을로 돌아왔습니다. 이제 나팔수가 소식을 널리 알릴 차례입니다. 궁궐 앞 너른 마당에 다다른 나팔수는 곧 나팔을 불어 사람들을 불러 모았습니다. 사방에서 백성들이 구름처럼 모여들었습니다.

"자, 들어 보게나. 방금 나는 산 너머 마을과 강 건너 마을에 다녀왔다네."

드디어 나팔수가 이야기를 시작합니다. 모여든 백성들은 웅성거림을 멈추고 귀를 쫑긋 세운 채 이야기를 듣습니다.

"먼저 산 너머 마을 이야기부터 함세. 그 마을에선 관장의 영을 거역한 죄인이 재판을 받고 있더군. 죄인은 젊은 여인이었는데, 끝까지 원님 영을 듣지 않아서 벌을 피할 수 없었다네. 그 죄인, 보통내기가 아니던걸. 악바리도 그런 악바리가 없어. 나중에는 저보다 훨씬 나이 많은 원님한테 막말을 하며 바락바락 대들기까지 했다면 믿겠는가."

"그래, 그 죄인은 어떤 벌을 받았나요?"

"에, 그게 어떤 벌이냐면 말이지. '장형'이라는 건데, 막대기로 엉덩이를 살짝 치는 벌이라네. 원님 말을 들어 보니 나랏법에 따라 벌을 줬다더군."

"그 원님이 내린 영이란 건 무엇이었나요?"

"흠흠, 그게 말이지. 수청을 들라는 거였다네. 수청이 뭐냐고? 에, 그러니까 기생처럼 관가에 딸린 사람이 밤에 관청을 지키는 일이라고 할 수 있지."

"그럼 그 여인이 기생이었나요?"

이 대목에서 나팔수는 갑자기 목소리를 낮춰 말했습니다.

"그런데 말이지, 내가 두 눈으로 똑똑히 봤는데 말이지……."

나팔수 목소리가 워낙 은근해서 사람들은 모두 숨을 죽이고 다음 말을 기다렸습니다.

"그 여인이 팔을 치켜들 때 보니까, 글쎄 속적삼을 안 입은 것 같더라고."

'아이고, 망측해라' 같은 소리가 사람들 틈에서 새어 나왔고, 한쪽 구석에서 킥킥거리는 웃음소리가 나는 것 같기도 했습니다.

나팔수는 한 번 더 나팔을 불어 주의를 모은 다음, 또 이야기를 시작했습니다.

"자, 이번엔 강 건너 마을 이야기를 해 볼까. 그 마을에선 형과 아우 사이에 다툼이 일어났더군. 형이 다 큰 아우더러 집을 나가 따로 살 것을 권하고, 아우는 그 말을 듣지 않아서 문제가 생겼지. 아우라는 사람은, 알고 보니 식구도 많이 딸린 가장이었다네. 따로 살 만한 나이가 되긴 했지."

"형은 왜 아우를 집에서 내보내기로 했대요?"

"그게 말이지, 나중에 따로 형을 만나 들어 보니 독립심을 키워 주려고 그랬다는군. 다 큰 어른이 형한테 빌붙어 살면 남 보기에도 안 좋은 것 아니냐고, 자긴들 아우가 집 나가 고생

하는 걸 바라겠느냐고…….”

“아우가 당장 집을 나가면 먹고살 길은 있대요?”

“흠흠, 뭐 그거야……. 아, 젊은 사람이 뭘 한들 굶어 죽기야 하려고. 게으름 피우지 않고 바지런히 일하기로 들기만 한다면 말이지. 뭐든 마음먹기에 달렸다고 봐.”

“그럼 아우가 빈털터리라는 얘긴데, 형은 아버지 유산을 아우에게 얼마만큼이나 나눠 줬대요?”

이 대목에서 나팔수는 갑자기 목소리를 낮춰 이렇게 말했습니다.

“그런데 말이지, 뭐 이런 얘기까지 해도 되는지 모르겠는데…….”

나팔수 눈빛이 워낙 야릇해서 사람들은 모두 침을 꿀꺽 삼키고 다음 말을 기다렸습니다.

“그 아우라는 사람, 아이를 열둘이나 낳았더라고. 더 놀라운 건 그 열둘이 모두 연년생이라는 거 있지.”

‘그게 말이 돼?’ 같은 소리가 사람들 틈에서 새어 나왔고, 곧이어 되느니 안 되느니 옥신각신하는 소리가 번져 갔습니다. 그 사이 나팔수는 유유히 나팔과 붓 벼루 주머니를 챙겨 그 자리를 떠났지요. 나도 그 뒤를 따랐습니다.

궁궐에 돌아온 나는 조금 이상한 느낌이 들어 물었습니다.

"당신은 모든 것을 본 대로 들은 대로 전한다면서요? 그런데 왜 그랬나요?"

그 말을 들은 나팔수는 정색을 하고 물었습니다.

"그럼 내가 없는 일을 지어내어 말하기라도 했단 말인가?"

나는 말문이 막혔습니다. 나팔수는 분명히 어떤 일은 부풀려 말하고 어떤 것은 숨기고 말하지 않았지만, 그렇다고 없는 일을 지어내어 말한 것 같지는 않았으니까요. 내가 우물쭈물하자 그이는 내 어깨를 두드리며 호탕하게 말했습니다.

"적어도 나는 없는 일을 지어내어 말하지는 않는다네. 또 여인이든 아우든 누구든 잘못한 일은 잘못했다고 당당하게 말하지. 그래서 내 별명이 뭔지 아나? 바로 '할 말은 하는 나팔수'라네."

여기까지 듣고서 여러분이 어처구니없어 속이 많이 상했다면 부디 용서하십시오. 어쨌든 이로써 내가 전해 들은 장사꾼의 모험 이야기도 끝이 납니다.

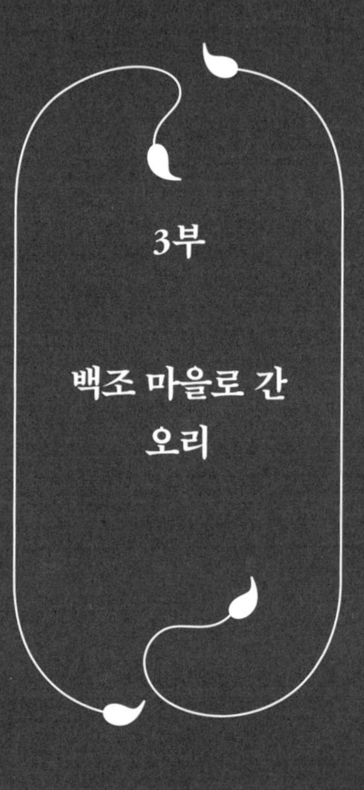

3부

백조 마을로 간 오리

김 선비의 서울 구경

옛날에 한양 사는 김 선비가 물에 빠진 날다람쥐 한 마리를 구해 준 덕으로 신령님한테서 상을 받게 되었습니다.

신령님은 상으로 김 선비가 평소 가장 바라던 금강산 구경을 시켜 주기로 하였습니다. 이왕이면 깜짝 선물이 좋을 테니, 어느 날 자고 일어나 보면 김 선비가 금강산에 가 있도록 해 줘야겠다고 마음먹었습니다.

그런데 신령님이 큰 실수를 저질렀습니다. 김 선비를 삼백오십 리 동쪽으로 보낸다는 것이 그만 삼백오십 년 미래로 보내 버렸으니까요. 거리를 시간으로 착각한 겁니다.

신령님은 석 달 뒤에야 자기 실수를 깨달았습니다. 김 선비를 집으로 돌려보내 주려고 수소문을 해 보니, 글쎄 금강산에 가 있어야 할 사람이 미래 서울에 가 있지 뭡니까? 깜짝 놀란 신령님은 얼른 김 선비를 조선시대로 다시 데려다 놓았습니다.

무사히 조선시대로 돌아온 김 선비는 가까운 벗 박 선비를 만나 그동안 겪은 일을 이야기했습니다. 김 선비는 점잖고 고지식한 사람이었기 때문에, 얘기를 할 때 허풍을 치거나 엄살을 떠는 일은 결코 없었습니다. 이제 그 얘기를 들어 봅시다.

아참, 김 선비는 끝까지 자기가 시간 여행을 했다는 사실을 몰랐답니다. 그저 어딘가 이상한 곳을 다녀왔다고만 여겼지요.

"그래, 자네는 석 달 동안 어딜 다녀온 겐가?"

"서울이라고 하데마는, 분명히 조선은 아니었네."

"조선이 아닌데도 서울이 있다? 재미있군. 그래, 그곳 사람들은 어떻던가?"

"입고 먹는 게 달라서 그렇지, 겉보기로야 우리랑 크게 다를 바 없었네. 말도 대충 알아들을 만했지. 거기서 흥미로운 말 몇 마디를 배워 왔는데 들어 볼 텐가?"

"어디 들어 보세나."

"먼저 '돈'이라는 말이 있는데, 그건 그곳 사람들이 섬기는 신이라네."

"아니, 물건 살 때 쓰는 그 돈 말인가?"

"나도 처음에는 그렇게 생각했는데, 알고 보니 그게 아니더군. 그곳 사람들은 오로지 그걸 위해 일하고 그것 때문에 살던걸."

"아, 그렇다면 그 사람들이 섬기는 신이 틀림없군."

"응, 그래서 '성공 신화'라는 말도 돈을 잘 번다는 뜻으로 쓴다네."

"신에 얽힌 이야기니 당연하겠지."

김 선비는 이야기를 이어 갔습니다.

"또 '시장 경제'라는 게 있는데, 이건 돈 신을 모신 사당이라네."

"조상 신주를 모신 사당 같은 겐가?"

"그렇다네. 아주 신성한 것이지. 만약 누군가 그것을 조금이라도 건드렸다간 경을 치게 되지. 목숨도 장담 못할걸."

"신성한 사당이라면 그럴 테지."

"그리고 '일'이라는 말도 있는데, 이건 다른 사람으로 하여금 돈을 쓰게 만드는 걸 뜻한다네."

"아니, 일이라면 땀 흘려 무언가를 이루는 게 아니고?"

"글쎄, 그렇게 말했다간 웃음거리 되기 십상이지. 그곳에서 멀쩡한 사람들이 모여 머리를 싸매고 밤낮 궁리하는 게 뭔 줄 아나?"

"뭔데?"

"어떻게 하면 남들로 하여금 돈을 많이 쓰게 하느냐, 그것일세."

"햐, 정말 놀라운 일이군."

김 선비는 이야기를 이어갔습니다.

"자네, '광고 카피'라는 말도 듣고 보면 놀랄걸."

"광고 카피? 그건 또 무슨 말인가?"

"본뜻과 반대로 하는 말이지."

"본뜻과 반대로 하는 말?"

"응, 이를테면 '언제나 고객을 먼저 생각합니다'라는 말은 '언제나 내 이익을 먼저 챙깁니다'라는 뜻이고, '자연과 생명을 소중히 여깁니다'라는 말은 '자연과 생명을 하찮게 여깁니다'라는 뜻이라네."

"그래? 그것 참 이상한 말이군."

"그래도 '마케팅'보다는 덜하다네."

"마케팅? 그건 또 뭔가?"

"온갖 속임수를 통틀어 그렇게 말한다네. 속임수를 쓰되 그럴듯하게 잘 속이면 '마케팅에 성공했다'고 한다네. '일'하는 사람들에게는 최고의 찬사지. 반대로 '마케팅에 실패했다'고 하면 서툰 속임수를 써서 남이 알아차렸다는 뜻이 된다네. 그건 곧 일터에서 쫓겨날 징조지."

"믿을 수 없군."

"그렇겠지."

김 선비는 말을 맺으려다가 한마디 덧붙였습니다.

"잊을 뻔했군. '자동차'라는 것도 있다네."

"자동차라면 저절로 움직이는 수레란 뜻인가?"

"잘못 짚었네. 사람 신분을 나타내는 물건이라네."

"아, 그럼 우리가 차는 호패나 마패와 같은 것이겠군."

"비슷하지만, 신분을 나타내는 효과로 말하면 호패나 마패보다 더 확실하지. 그래서 사람들은 기를 쓰고 좋은 자동차를 가지려고 애를 쓴다네."

"야, 자네 정말 신기한 곳을 다녀왔군. 하지만 두 번 갈 곳은 못 되는 것 같네그려."

"그렇고 말고. 두 번 가라면 나는 차라리 죽겠네."

여러분은 부디 믿어 주십시오. 김 선비는 결코 허풍을 치거나 엄살을 떠는 사람이 아니라는 것을.

백조 마을로 간 오리

여러분은 오리는 못생기고 백조는 아름답다고 생각하나요? 그것 참 이상합니다. 그런 말을 누가 퍼뜨렸는지는 모르지만, 오리가 아닌 것은 분명해 보입니다. 나더러 말하라면, 오리는 오리대로 백조는 백조대로 특색이 있으니 함부로 견주어 말할 것은 못 된다고 하겠습니다. 아이쿠, 말머리가 길었네요. 이제 이야기를 시작하겠습니다.

오리들이 사는 마을에 아주 특별한 오리가 한 마리 있었습니다. 이 오리는 늘 백조를 닮고 싶어 했습니다.

"나처럼 고상한 새는 백조로 태어났어야 해. 나는 이제부터 몸도 마음도 백조가 될 테야."

오리는 백조처럼 새하얗게 되고 싶어서 날마다 깃털을 물로 씻었습니다. 하지만 암만 씻어도 물이 빠지지 않으니까, 궁리 끝에 깃털에 새하얀 물을 들였습니다. 그러고 보니 과연 그럴싸합니다. 샘물에 제 모습을 비춰 본 오리는 만족하였습니다.

"좋아. 이제는 백조처럼 먹는 연습을 해야지."

오리는 백조들이 잘 먹는다는 먹이를 구해서 먹었습니다. 처음엔 도무지 속에서 받지를 않아 애를 먹었지만 구역질을 참으며 무던히 애를 쓴 끝에 드디어 입맛도 바꿨습니다.

"멋진걸. 다음은 백조들처럼 멋진 둥지에서 사는 거다."

오리는 열심히 백조 둥지를 만들었습니다. 만만치 않은 일이었지만 끈기 있게 힘쓴 끝에 마침내 얼추 백조 둥지 비슷한 것을 틀었습니다. 오리는 무척 뿌듯하였습니다.

"이만하면 됐어. 아참, 중요한 걸 빠뜨릴 뻔했군. 우는 소리도 바꿔야 해. 꽥꽥거리는 오리 울음소리로 뭘 하겠어? 백조처럼 우아하게 울어야지."

오리는 부지런히 백조 울음을 배웠습니다. 아무리 애를 써도 꽥꽥거리는 억양만은 어쩔 수 없었지만, 오랫동안 끈질기게 연습한 끝에 거의 백조처럼 울 수 있게 되었습니다.

눈물겨운 노력 끝에 오리는 이제 거의 백조가 된 것 같습니다. 깃털 색깔도, 입맛도, 둥지도, 우는 법도 완벽하게 백조를 닮았는데 무엇을 더 바라겠습니까?

오리는 마을을 돌아다니며 다른 오리들을 실컷 비웃어 주었습니다. 동무들이 점심을 먹으러 가자고 하면,

"아유, 또 그 냄새나는 실지렁이나 먹으려고? 나같이 교양 있는 새들은 그런 거 안 먹어. 민물조개처럼 향기로운 음식을 먹지."

하고, 동무들이 자기 둥지에 놀러 오라고 하면,

"흥, 나더러 그 촌스러운 지푸라기 속에 들어가라고? 고상한 새들은 이끼로 치장한 나뭇가지 둥지에서 산다고."

하고, 동무들이 꽥꽥거리며 울면,

"무식하긴……. 백조 식으로 '와리사리 팔라팔라 하찡가리'라고 울어야지. 도대체 수준이 낮아서 원."

하고 타박을 했지요.

한껏 가슴이 부푼 오리는 아예 백조 마을에 가서 살기로 했습니다.

"나는 태생이 백조니까 백조 마을에 가서 사는 게 당연해. 그래, 끼리끼리 어울려 사는 거야."

오리는 곧 백조 마을로 건너갔습니다. 그리고 들떠서 외쳤습니다.

"얘들아, 나 좀 봐. 난 오리 마을에서 자랐지만, 애당초 너희들과 같은 족속이었어. 난 거기서 물에 뜬 기름처럼 어울리지 못했지. 하지만 이제는 진짜 동무들을 찾았으니 됐어."

그러고는 그동안 갈고 닦은 재주를 내보였습니다. 하얗게 물들인 깃털을 세워 보이고, 백조 먹이를 맛나게 먹어 보이고, 익숙한 솜씨로 백조 둥지를 지어 보이고, 백조 울음소리를 막힘없이 내보였습니다.

백조들은 그런 오리를 이상하다는 듯 물끄러미 바라보았습니다. 그러다가 그중 한 백조가 진지하게 말했습니다.

"너는 깃털이 하얗고 우리 먹이를 먹고 우리처럼 둥지를 짓고 우리 울음소리를 흉내 내지만 그건 우리에게 아무 도움이 되지 않아. 그러니 미안하지만 네 동무들한테 돌아가든지, 정

우리하고 같이 살고 싶다면 뭔가 우리에게 도움 되는 일을 하는 게 좋겠어."

오리는 다시 오리 마을로 돌아가고 싶지는 않았기 때문에 거기에 남아 백조들 심부름을 하였습니다. 백조들이 어질러 놓은 둥지를 청소하고, 백조들이 먹다 남긴 음식 찌꺼기를 치웠습니다. 백조들이 낳은 새끼를 보살펴 주고, 백조들이 다른 새들과 싸울 때는 맨 앞에 서서 싸웠습니다. 하지만 백조들은 아무도 오리를 진정한 동무로 대해 주지 않았습니다.

오리는 사무치게 외로웠습니다.

이쯤에서 이 슬픈 이야기는 끝이 납니다. 그런데 이야기를 끝내기 전에 한 가지 귀띔할 게 있습니다. 그 뒤에 오리 마을에는 자기를 백조라고 믿는 오리가 또 생겨나고 또 생겨나, 그 수가 자꾸만 늘어났답니다. 그래서 그이들이 다 오리 마을을 떠나 백조 마을로 갔다나요. 덕분에 이제는 그 오리도 그리 외롭지는 않다는데, 그게 불행인지 다행인지는 모르겠습니다.

동정심 많은 개구리

옛날 개구리 나라에 동정심 많은 개구리들이 살았습니다. 이 개구리들이 동정심 많은 것은 틀림없는 사실이기 때문에 의심할 필요가 없습니다. 다만 그 동정심이 어떤 것이냐는, 글쎄요, 이야기를 좀 더 들어 달라고 부탁할 수밖에 없겠네요.

이 개구리 나라 이웃에는 맹꽁이 나라도 있고 두꺼비 나라도 있었습니다. 맹꽁이 나라는 힘이 약했고, 두꺼비 나라는 힘이 세었습니다. 가끔 힘없는 맹꽁이들이 힘센 두꺼비한테 얻어맞는 일도 있었는데, 그럴 때 동정심 많은 개구리들은 결코 맹꽁이들을 동정하지 않았습니다. 오히려, "흥, 분수를 모르고 설치더니 꼴좋군" 하고 비웃었지요.

그런데 어느 날, 개구리 나라에 놀러 온 두꺼비가 다치는 일이 생겼습니다. 정신 나간 개구리 한 마리가 무엇에 씌었던지 저보다 힘센 두꺼비한테 대들어 상처를 입힌 것입니다.

그것을 본 동정심 많은 개구리들은 그만 동정심이 폭발했습니다.

"아이고, 두꺼비님이 다치셨다. 불쌍해서 어쩌나."

"얼마나 아프실까. 눈물 없인 못 보겠다."

"같은 개구리로서 미안하고 부끄럽다."

어떤 개구리는 두꺼비를 위로하려고 그 앞에 나아가 춤을 추었습니다.

어떤 개구리는 두꺼비 상처를 빨리 낫게 하려고 보약을 지어 바쳤습니다.

어떤 개구리는 두꺼비 앞에 엎드려 미안하다고 소리치며 밤낮으로 절을 했습니다.

그리고 두꺼비를 다치게 한 개구리에게 온갖 욕을 다 퍼부었습니다.

"어떤 나쁜 놈이 우리 두꺼비님을 다치게 했나?"

"반드시 뒤에서 시킨 녀석이 있을 것이다."

"우리가 다 잡아내어 벌을 주자."

아, 이제 알았습니다. 이들이 가진 동정심은 거의 힘센 두꺼비에게 바칠 몫으로 정해져 있었나 봅니다. 그러니 약한 맹꽁이한테 베풀 몫은 없었던 게지요.

이 개구리 나라 안에는 백성 개구리들도 있고 귀족 개구리도 있었습니다. 백성 개구리들은 거의가 가난했고, 귀족 개구리들은 모두 부자였습니다. 더러는 백성 개구리들이 먹을 것이 없어 굶주릴 때도 있었는데, 그럴 때 동정심 많은 개구리들은 결코 백성 개구리들을 동정하지 않았습니다. 오히려 "쳇, 게으름 피운 죗값이지" 하고 업신여겼지요.

그런데 어느 해, 귀족 개구리들이 저지른 잘못이 들통났습니다. 그동안 백성 개구리들을 속이고 부려 먹고 괴롭히고, 먹이를 빼앗아 제 배를 채운 잘못이 낱낱이 드러났습니다. 그러자 백성 개구리들은 웅성거리기 시작했습니다. 웅성거리는 소리가 점점 커지자, 귀족 개구리 우두머리인 여왕 개구리가 머리를 싸매고 드러누웠습니다.

동정심 많은 개구리들은 그만 동정심이 폭발했습니다.

"아이고, 우리 여왕 개구리님이 드러누우셨다. 불쌍해서 어쩌나."

"얼마나 힘드실까. 가슴 아파 못 보겠다."

"백성 개구리로서 죄스럽고 황송하다."

어떤 개구리는 여왕 개구리가 불쌍하다고 소리치다가 목이 쉬었습니다.

어떤 개구리는 여왕 개구리가 사는 궁전을 바라보며 밤낮으로 울었습니다.

어떤 개구리는 여왕 개구리가 빨리 자리에서 일어나게 해 달라고 굿을 하였습니다.

그리고 귀족 개구리들을 향해 웅성거린 다른 개구리들에게 온갖 욕을 다 퍼부었습니다.

"어떤 나쁜 놈이 우리 여왕 개구리님을 힘들게 하느냐?"

"그런 놈은 반드시 역적과 내통했을 것이다."

"우리가 똘똘 뭉쳐 놈들을 혼내 주자."

아, 이제 알았습니다. 이들이 힘센 두꺼비에게 바치고 남은 동정심은 몽땅 귀족 개구리와 여왕 개구리에게 바칠 몫인가 봅니다. 그러니 가난한 백성 개구리들한테 베풀 몫이 한 줌인들 있을 리 있나요.

들쥐들의 반란

옛날에 들쥐들이 모여 사는 들쥐 나라가 있었습니다. 이 나라 백성인 들쥐들은 처음에 어느 누구의 지배나 간섭도 받지 않고 자유롭게 살았습니다.

그러던 어느 날 힘센 들쥐 한 마리가 나서서 스스로 왕이 되었습니다. 어딜 가나 힘을 떠받드는 무리가 있게 마련이어서, 곧 많은 들쥐들이 왕 둘레에 모여들어 신하가 되었습니다.

왕은 신하들을 거느리고 백성들에게 호령했습니다.

"내가 너희를 보호해 줄 테니 너희들은 나에게 충성을 다하여라."

백성들은 어리둥절한 채 그 호령을 따를 수밖에 없었습니다. 무엇보다도 날카로운 이빨로 무장한 왕의 군대가 두려웠기 때문이지요.

왕은 또 백성들에게 호령했습니다.

"이제부터 너희들은 어떤 일이 생겨도 스스로 판단하고 결정하려고 애쓰지 마라. 그런 일은 왕인 내가 할 것이다. 너희들은 내가 시키는 대로만 하면 된다."

모든 것은 왕이 말한 대로 되었습니다. 왕이 모든 것을 판단하고 결정하니 백성들은 고민할 필요가 없어졌습니다. 그저 왕이 시키는 대로 꾸역꾸역 일만 하면 됐습니다. 백성들은 차츰차츰 생각하는 법을 잊어 갔습니다.

왕은 여러 가지 법을 만들어 백성들을 다스렸고 백성들은 그 법을 잘 지켰습니다. 처음에는 왕의 군대가 두려워서 지켰지만, 나중에는 그 편이 오히려 쉽고도 안전한 길임을 알고 스스로 지켰습니다. 왕이 시키는 대로만 하면 아무 문제도 일어나지 않았습니다. 불평을 하거나 명령을 거스르는 들쥐도 있었지만 그 수는 차츰 줄어들었습니다. 그런 들쥐는 아무도 모르는 사이에 왕의 군대에 잡혀가 갇히거나 죽임을 당했기 때문입니다.

그러던 어느 날 갑자기 왕이 죽었습니다. 자기 죽음 뒤의 일에 대해 아무런 명령도 남기지 않고 왕이 죽었기 때문에 들쥐나라 백성들은 잠깐 동안 혼란에 빠졌습니다. 그러나 곧 정신을 차리고 의논에 의논을 거듭한 끝에 백성들 가운데서 지도자를 뽑기로 하였습니다. 경험 많고 슬기로운 들쥐 한 마리가 지도자로 뽑혔습니다.

백성들 손으로 뽑힌 지도자 들쥐는 본분을 잊지 않았습니다. 그이는 왕처럼 모든 것을 판단하고 결정하는 대신, 애초에 들쥐들이 그랬던 것처럼 백성들 스스로 판단하고 결정하게 했습니다. 왕이 만들어 놓은 갖가지 법도 다 없애고, 병사들도 모두 집으로 돌려보냈습니다. 바야흐로 들쥐 나라에 봄이 왔습니다. 이제는 누구든지 자기 뜻대로 판단하고 결정할 수 있었습니다.

오랫동안 왕이 시키는 대로만 해 오던 백성들은 어떻게 해야 할지 몰라서 몹시 답답했습니다. 무슨 일이 생겨도 스스로 판단하고 결정해야 했고, 옳고 그름도 스스로 가려야 했으며 다툼이 생겨도 스스로 해결해야 했으니 말입니다. 일은 더뎌지고 다툼은 오래가고 세상은 어수선해졌습니다.

마침내 들쥐 나라 백성들은 불평을 늘어놓기 시작했습니다. 자연히 험담은 자기들 손으로 뽑은 지도자를 향했습니다.

"우리 지도자는 그게 무슨 꼴이야? 뭘 하나 속 시원하게 하는 일이 없으니 원."

"그러게 말이야. 옛날 대왕만큼은 못하더라도, 그 반의반쯤만 하면 좀 좋아?"

"옳아. 옛날 대왕께서는 나라를 얼마나 잘 다스리셨나? 이참에 지도자를 몰아내고 새로 왕을 모시자."

드디어 들쥐 나라 백성들은 떨쳐 일어나 반란을 일으켰습니다. 자기들 손으로 뽑은 지도자를 사정없이 몰아내고 새로운 왕을 모셔 왔습니다.

과연 새 왕은 왕답게 위엄이 있었습니다. 들쥐 나라에는 다시 힘센 군대가 생기고 갖가지 엄한 법이 만들어졌습니다. 백성들은 예전처럼 아무 생각 없이 왕이 시키는 대로 일하고 왕이 만든 법을 충실히 지켰습니다.

단 한 가지만 빼고 모든 것이 전과 같아졌습니다. 전과 다른 한 가지는, 이건 뭐 그다지 중요한 게 아닐지 모르지만, 들쥐 나라 백성들 수가 날마다 조금씩 줄어든다는 사실이었습니다. 딴은 예정된 일이긴 한데, 들쥐들이 새로 모셔 온 왕은 바로 들고양이였던 것입니다.

세 머슴 이야기

옛날에 머슴 셋이 살았습니다. 그이들에게도 이름이 있지만, 여기서는 그냥 편하게 첫째 머슴, 둘째 머슴, 셋째 머슴이라 하겠습니다.

첫째 머슴은 어느 장사꾼 집에서 일을 했습니다. 그 장사꾼은 큰 부자로서 곳간만 서른세 칸이나 되었습니다. 첫째 머슴의 임무는 그 곳간을 지키는 일이었습니다.

어느 날 오랫동안 소식이 없던 한 동무가 첫째 머슴을 찾아왔습니다. 그 동무와는 어릴 적부터 친형제처럼 지내 온 사이였지요.

"우리는 오늘 밤 이 집을 털려고 하네."

동무는 진지하게 말했습니다.

"자네가 눈감아 준다면, 꼭 그렇게 해 주리라 믿네만, 자네 몫으로 절반을 떼어 줄 작정이지."

못 만난 사이에 그 동무는 산속에 들어가 도둑 두목이 되었던 것입니다.

첫째 머슴은 괴로웠지만, 어떤 일이 있어도 주인을 배반할 수 없다고 생각하고 동무에게 말했습니다.

"미안하네만 그럴 수 없네. 그만 돌아가 주게."

동무는 아무 말 없이 돌아갔습니다.

그날 밤 과연 도둑떼가 담을 넘어 쳐들어왔습니다. 도둑들은 첫째 머슴을 붙잡아 기둥에 꽁꽁 묶었습니다. 하지만 첫째 머슴은 죽음을 무릅쓰고 온 힘을 다해 소리쳤습니다.

"도둑이야! 도둑이 들어왔다!"

소리를 듣고 장정들이 뛰쳐나오자 도둑들은 허겁지겁 달아났습니다.

이로써 첫째 머슴은 무사히 곳간을 지켰으며, 소문을 들은 마을 사람들은 칭찬을 아끼지 않았습니다.

"과연 의로운 머슴이로군."

첫째 머슴은 다만 할 일을 했을 뿐이라고 생각했습니다.

둘째 머슴은 천석꾼 부잣집에서 일을 했습니다. 사방 백 리 안에 이 집 땅을 안 밟고는 못 다닌다고 할 만큼 논이 많았지요. 둘째 머슴의 임무는 그 논에 물을 대는 일이었습니다.

농사철이 되자 둘째 머슴은 바빠졌습니다. 그러다가 어느 한 논에 물이 바짝 말라 있는 것을 보았습니다. 주인집 논에 들어가야 할 물이 다른 집 논으로 들어가고 있었던 것입니다. 둘째 머슴은 당장 그 논임자에게 달려가 따졌습니다. 그러나 논임자는 아무렇지도 않게 대꾸했습니다.

"그만한 일로 뭘 그러나? 어차피 임자 없는 도랑물, 서로 노나 쓰면 좋지 않은가?"

하지만 둘째 머슴은 그럴 수 없었습니다. 주인집 논으로 들어가야 할 물이 남의 집 논으로 흘러 들어가는 것을 보고만 있을 수 없었던 게지요. 옥신각신하다가 그만 큰 싸움이 벌어지고 말았습니다. 주먹다짐과 드잡이가 오간 끝에 둘째 머슴은 관가에 끌려가 옥살이까지 했습니다.

이 일이 있은 뒤 마을 사람들은 입을 모아 말했습니다.

"흐음, 천생 머슴이로군."

둘째 머슴은 어리둥절했습니다.

'천생 머슴? 그게 칭찬인가, 비웃음인가?'

셋째 머슴은 어느 벼슬아치 집에서 일을 했습니다. 벼슬아치는 날마다 분주히 쏘다니며 아랫사람을 부리고 윗사람 비위를 맞추느라 무척 바빴지요. 셋째 머슴의 임무는 그런 벼슬아치를 따라다니며 시중드는 일이었습니다.

벼슬아치들이 세상의 평판에 민감한 것은 새삼스러운 일이 아닙니다. 어느 날 주인은 셋째 머슴을 불러 은근히 부탁했습니다.

"여보게, 세상 사람들이 나를 어떻게 보는지 알고 싶군. 좋은 말이든 나쁜 말이든, 들은 바를 그대로 고해 주게나."

셋째 머슴은 공손하게 대답했습니다.

"염려 마십시오, 나리. 바람결에 스치는 말 한마디까지 놓치지 않겠습니다."

그날부터 셋째 머슴은 동네방네 돌아다니며 사람들 말을 귀기울여 듣고, 그것을 낱낱이 주인에게 아뢰었습니다. 덕분에 주인은 집에 가만히 앉아서 자기에 관한 온갖 말을 다 듣게 되었습니다.

그다음에 일어난 일은 여러분이 짐작한 바와 같습니다. 벼슬아치에게 험담을 늘어놓은 사람들이 줄줄이 잡혀 들어갔습니다. 관청에서는 날마다 매질하는 소리와 비명 소리가 그치지 않았습니다. 뭐, 아주 가끔은 벼슬아치 칭찬을 한 사람이 불려 와 상을 받아 가기도 했지만요.

이윽고 세상에서 벼슬아치의 험담이 더는 안 들리게 되자, 사람들은 셋째 머슴을 가리키며 이렇게 말하였습니다.

"거참, 개 같은 머슴이로군."

셋째 머슴은 도무지 이해할 수 없었습니다. 똑같이 주인에게 충성했건만, 어째서 첫째 머슴은 '의로운 머슴'이요 둘째 머슴은 '천생 머슴'인데 자기는 '개 같은 머슴'인지를…….

유감스럽게도 그 의문은 아직까지 풀리지 않았다 하니, 여러분이 혹시 셋째 머슴을 만나거든 말해 주십시오, 그 까닭을.

두 선관의 내기

하늘나라 옥황상제가 하루는 두 선관을 데리고 인간 세상을 살펴보았습니다. 하늘나라에는 열두 폭 거울이 있어, 거울을 돌리면서 인간 세상 구석구석을 내려다볼 수 있지요.

거울을 이리저리 돌리던 옥황상제는 어느 한 장면에서 눈길을 멈추었습니다. 담 하나를 사이에 두고 이웃한 두 집에서 똑같은 축원을 하고 있었기 때문입니다.

"상제님께 비나이다. 외로운 우리 내외에게 아이 하나 점지해 주옵소서."

여기까지는 두 집에서 나오는 소리가 똑같았습니다. 그런데 그다음에 이어지는 말이 달랐습니다.

부잣집인 앞집에서는 이렇게 빌었습니다.

"아들 하나 점지해 주시면 반드시 큰 재목으로 키우겠습니다. 어릴 때부터 밤낮으로 글공부를 시켜 스무 살이 되기 전에 반드시 과거에 급제시키겠습니다."
가난한 뒷집에서는 이렇게 빌었습니다.
"아들이건 딸이건 식구 하나 불려 주시면 정성 들여 키우겠습니다. 농사일도 가르치고 집안일도 가르쳐, 스무 살이 되기 전에 사람 구실이나 하도록 가르치겠습니다."

지켜보던 한 선관이 말했습니다.
"앞집에서 태어날 아이는 복도 많지. 저렇게만 키우면 틀림없이 부귀영화를 누릴 게야."
그러자 다른 선관이 고개를 저었습니다.
"글쎄, 사람한테 글공부가 다일까? 나라면 뒷집에서 태어나고 싶군."

잠자코 듣던 옥황상제가 말했습니다.
"내 자네들을 각각 저 두 집 아이로 태어나게 해 줄 터이니, 스무 살이 될 때까지 살아 보게나. 그때 가서 누가 더 잘되는지 내기를 해 보세."

얼마 뒤 두 선관은 각각 앞집과 뒷집 아들이 되어 태어났습니다. 하늘나라 하루는 인간 세상 십 년과 맞먹어서, 하루가 지나자 두 아이는 벌써 열 살이 되었습니다. 옥황상제는 거울로 양쪽 집을 지켜보았습니다.

앞집 아들은 짐작대로 글공부에 열심입니다. 마침 아버지가 방에 들어와 얘기를 나눕니다.

"그래, 책을 어디까지 읽었느냐?"

"예, 어제 막 사서를 뗐습니다."

"늦다, 늦어. 건넛마을 최 진사네 아들은 벌써 한서를 읽는다지 않느냐? 그건 그렇고, 대국 말은 얼마나 할 줄 아느냐?"

"예, 어저께 김 역관에게 시험을 봐서 이등을 받았습니다."

"이등? 일등을 놓쳤으니 부끄러운 일이다. 오늘부터 잠을 줄이고 글을 읽도록 하여라."

뒷집 아들은 마침 나무를 한 짐 해 왔습니다. 그리고 역시 아버지와 얘기를 주고받습니다.

"오늘은 나무를 아주 많이 해 왔구나."

"이게 많아요? 옆집 꼴머슴보다 적게 한걸요."

"하하, 갠 너보다 나이가 많지 않니? 어쨌든 어제보다 많이 했으니 잘한 거다. 그건 그렇고, 너 요새 산에서 캐 오는 건 뭐냐?"

"그냥 풀이에요. 못 먹는 풀."

"먹고 못 먹는 풀을 가리다니 참 장하구나. 세상에 쓸모없는 풀은 없는 법이지."

구경이 별로 재미가 없었기 때문에, 옥황상제는 하품을 하면서 거울을 돌렸습니다.

그리고 그다음 날이 되었습니다. 하늘나라에서 또 하루가 지났으니 인간 세상에서는 십 년이 흘렀고, 이제 두 선관은 나이 스무 살이 되어 약속대로 하늘나라로 올라왔습니다. 이제 누가 더 잘 살고 있는지 알아볼 차례입니다.

먼저 앞집으로 간 선관이 말했습니다.

"과거에 급제하고 벼슬길에 올라도 다 헛것입니다. 뇌물 좀 받아먹다가 하루아침에 죄인이 되어 옥에 갇힐 줄이야. 칫, 정말이지 저는 뇌물이 나쁜 건 줄도 몰랐다니까요. 누가 가르쳐 줘야 말이지."

다음으로 뒷집으로 간 선관이 말했습니다.

"저는 벼슬은 못했지만 농사도 짓고 나무도 하며 잘 살고 있습니다. 요새는 틈틈이 동네 의원 댁에 가서 심부름하며 약풀 공부도 하고 있지요. 새로 풀이름과 효능을 알아내는 것이 참 재미있습니다."

옥황상제가 웃으며 말했습니다.
"내기에서 누가 이기고 졌는지는 가려진 것 같군. 그래, 이제 어떻게 할 텐가?"
두 선관이 차례로 대답했습니다.
"아이고, 인간 세상엔 두 번 다시 안 갈 테요."
"저는 식구들이 기다리니 얼른 내려가 봐야겠습니다."
누가 한 말인지는 구태여 밝힐 필요가 없겠지요?

돌아오지 않는 사람

옛날에 갑, 을, 병 세 사람이 세상 구경을 하러 길을 떠났습니다.

세 사람은 가다가 길에서 빌어먹는 거지를 만났습니다. 먼저 갑이 말했습니다.

"어려운 처지에 있는 사람을 못 본 체하는 건 도리가 아니지."

갑은 가지고 있던 노자를 조금 떼어 거지에게 주었습니다. 그걸 보고 을이 말했습니다.

"한심하군. 저런 사람에게 돈을 주면 버릇만 나빠질 뿐이야."

을은 거지에게 남한테 기대지 말고 자기 힘으로 돈을 벌라고 따끔하게 나무랐습니다.

그러고 나서 둘은 아무 말도 없이 서 있는 병에게 물었습니다.

"자네는 어떻게 생각하는가?"

그러자 병이 대답했습니다.

"저 사람이 빌어먹든 말든 우리와 무슨 상관이 있나? 그냥 가던 길이나 가는 것이 좋겠네."

세 사람은 다시 길을 떠났습니다. 가다가 길가에서 서로 다투고 있는 어른과 아이를 만났습니다. 먼저 갑이 말했습니다.

"저건 보나 마나 어른 쪽에 잘못이 있을 거야. 아이가 어른한테 맞서는 건 참을 수 없을 만큼 억울할 때뿐이지. 그렇지 않고서야 질 게 뻔한 싸움을 왜 하겠나."

갑은 아이 편을 들어 어른을 나무랐습니다. 그걸 보고 을이 말했습니다.

"이런 답답한 사람, 도대체 누굴 나무라는 건가? 버릇없이 어른한테 대드는 아이를 야단쳐야지. 머리에 피도 안 마른 것이 위아래를 모르고 날뛰다니 말세야, 말세."

을은 어른 편을 들어 아이를 야단쳤습니다.

그러고 나서 둘은 아무 말 없이 구경만 하고 있는 병에게 물었습니다.

"자네는 어떻게 생각하나?"

병이 대답했습니다.

"둘 다 오지랖도 넓군. 나는 이 일에 끼어들고 싶지 않네. 어차피 우리와는 상관없는 일 아닌가."

세 사람은 다시 길을 떠났습니다. 가다가 주막에서 허름한 노인을 만났습니다. 노인이 말했습니다.

"오면서 겪은 일을 이야기해 보지 않겠나."

"좋습니다."

세 사람은 오면서 겪은 일을 말하고, 저마다 자기 생각을 이야기했습니다. 그리고 누구 생각이 옳은지 물어봤습니다. 잠자코 듣던 노인이 대답했습니다.

"글쎄, 나도 누구 생각이 옳은지 알 수가 없는걸. 그걸 아는 방법이 한 가지 있긴 하네만."

세 사람 모두 입을 모아 그 방법을 가르쳐 달라고 했습니다.

"어렵지 않은 일일세. 나는 자네들과 생각이 같은 사람들이 사는 마을을 알고 있지. 저마다 자기를 닮은 사람들이 사는 마을을 찾아가게나. 거기서 한 달 동안만 살아 본다면 어디가 살기 좋은 곳인지 알게 되겠지. 그리고 한 달 뒤 여기서 다시 만나기로 하세."

세 사람 모두 그러자고 했습니다. 이튿날, 날이 밝자 세 사람은 따로따로 헤어져 노인이 가르쳐 준 길을 따라 떠났습니다.

한 달이 지났습니다. 주막에는 갑과 을, 그리고 노인이 왔습니다. 먼저 노인이 말했습니다.

"자, 이제 자네들이 겪은 일을 이야기해 보게."

먼저, 한 달 전이나 크게 달라진 게 없는 갑이 말했습니다.

"내가 간 마을은 고만고만했습니다. 사람들은 생각이나 모습이 서로 달라도 잘 어울려 살았고 푸근한 인정도 아낌없이 베풀어서, 나 같은 나그네가 한 달 동안 살기에 나쁘지 않은 곳이었지요."

다음에는 한 달 전보다 훨씬 핼쑥해진 을이 말했습니다.

"내가 간 마을에는 두 가지 모습이 있었습니다. 어떤 사람들에겐 천국같이 좋은 곳이었고, 어떤 사람들에겐 지옥처럼 끔찍한 곳이었지요. 나는 나그네인 까닭에 따돌림만 받다 왔습니다."

이렇게 이야기하는 동안에도 병은 나타나지 않습니다. 세 사람은 날이 저물 때까지 기다렸지만, 병은 끝내 나타나지 않았습니다. 그러다가 막 주막을 떠나려 할 즈음, 한 나그네가 편지 한 통을 가지고 왔습니다. 병이 보낸 편지였습니다.

"지금 이곳에는 도적떼가 마을을 쑥대밭으로 만들고 있다네. 하지만 아무도 나서서 말리거나 싸우는 사람이 없군. 저마다 자기 재물을 끌어안고 숨어 다니기에 바쁘지. 나도 지금까지는 용케 숨어 다녔지만 언제 도적에게 잡힐지 모르는 형편일세. 약속을 지키지 못해 미안하네."

옛날이야기

서기 2017년 어느 날, 아홉 살 난 아이 김영수는 할아버지한테서 옛날이야기를 들었습니다.

“옛날에는 말이다, 남자 여자 차별이 아주 심했지. 얼마만큼 심했는고 하니, 여자는 바깥을 마음대로 다니지도 못했어. 또 아침 일찍 여자가 남의 집에 가면 다들 싫어했지. 부정 탄다고 말이야”

“정말이에요?”

“그럼. 그뿐인 줄 아니? 여자는 학교에도 못 다니는 걸로 알았지. ‘여자가 배워서 뭘 해?’를 입에 달고 사는 사람들도 많았다니까.”

“우스워요.”

“우습지. 말이 나왔으니 말이지마는 차별이 어디 남자 여자 차별뿐이라니? 내가 본 건 아니지만, 더 오랜 옛날에는 반상 차별, 서얼 차별, 서북 차별도 있었단다.”

“그건 다 뭐예요?”

“양반 상민 차별하는 게 반상 차별이지. 양반은 평생 일 안 하고도 떠받들려 살고, 상사람은 죽도록 일하고도 천덕꾸러기로 살았다니까. 서얼 차별, 서북 차별, 그런 건 설명하자면 기니까 그런 게 있었다는 것만 알아 둬라.”

“그럼 다른 이야기해 주세요.”

“그러자꾸나. 옛날에는 한문 글자가 아주 판을 쳤단다. 한문을 잘 알아야 과거에 급제하고 벼슬도 할 수 있었지.”

“그럼 우리 한글은요?”

“언문이니 암클이니 하면서 업신여겼지. 그래서 학자나 벼슬아치들은 아무도 한글을 안 썼어. 백성들이나 여자들만 썼지.”

“참 이상하네. 옛날에는 나라에서 간섭하는 것도 많았다면서요?”

“응, 그런 일이야 많았지. 나 젊을 때만 해도 남자들이 머리를 다 짧게 깎았단다. 머리카락이 길면 경찰한테 걸렸거든.”

"머리카락이 길다고 걸려요?"

"그렇다니까. 경찰관들이 머리 깎는 기계를 가지고 다니면서 머리 긴 사람만 보면 잡아서 강제로 깎았지. 여자들 치마 길이도 나라에서 정해 줬어. 짧은 치마 입고 다니면 경찰서에 붙잡혀 갔거든. 길 가다가 애국가 소리가 나면 제자리에 멈춰 서서 꼼짝 않고 서 있어야 하는 법도 있었단다."

"헤헤, 우습다. 그거 다 고려시대 얘기죠, 그렇죠?"

"아니, 그리 멀지 않은 때 얘기란다."

서기 2077년 어느 날, 예순아홉 살이 된 노인 김영수는 손자에게 옛날이야기를 들려줬습니다.

"옛날에는 말이다, 남자 여자 차별이 아주 심했지. 직장에서 여자 직원들한테 차 심부름 시키는 걸 당연하게 여겼으니까. 심지어 술자리에서 여자 직원들에게 술을 따르라고 강요하는 사람들도 있었단다."

"정말이에요?"

"그럼. 그뿐인 줄 아니? 어떤 회사에선 여자 직원을 뽑을 때 겉모습을 보고 뽑기도 했어. 날씬하고 예쁜 사람만 골라 뽑았단 말이야."

"우스워요."

"우습지. 말이 나왔으니 말이지마는 차별이 어디 남자 여자 차별뿐이라니? 양극화 문제에다 노사 차별에 지역 차별까지 별의별 게 다 있었지."

"그건 다 뭐예요?"

"부자와 가난한 사람 사이가 천지 차이로 벌어지는 게 양극화지. 부잣집 아이가 몇 백만 원짜리 생일잔치를 하는 동안 가난한 집 아이가 전기 끊긴 집에서 촛불을 켜 놓고 자다가 불이 나 숨지는 일도 있었으니까. 노사 차별, 지역 차별 같은 건 설명하자면 기니까 그런 게 있었다는 것만 알아 둬라."

"그럼 다른 이야기해 주세요."

"그러자꾸나. 옛날에는 영어가 아주 판을 쳤단다. 영어를 잘해야 입학이고 취직이고 자격증 따기고 다 할 수 있었지."

"그럼 우리 말은요?"

"촌스럽다 뭐다 해서 업신여겼지. 그래서 좀 배웠다는 사람들, 잘나간다는 사람들은 아무도 우리 말을 중히 생각 안 했어. 못 배우고 뒤처진 사람들이나 우리 말을 귀하게 여겼지."

"참 이상하네. 옛날에는 학생들도 간섭을 많이 받았다면서요?"

"응, 그랬지. 내가 학생 때만 해도 다들 머리를 짧게 잘랐어. 머리카락이 길다고 선생님한테 혼난 학생들도 많았으니까."

"머리카락이 길다고 혼나요?"

"그렇다니까. 학생들 소원이 '두발 자유화'라고, 머리 모양 가지고 간섭 좀 하지 말라는 거였으니 말 다했지. 어디 머리뿐이라니? 옷 모양, 장신구, 심지어 양말 색깔까지 정해 주는 학교도 있었는데 뭘. 그런데 그건 아무것도 아냐. 학생들이 새벽부터 밤늦게까지 죽자 사자 공부만 했다면 믿겠니? 오죽하면 밤늦게 학원 문 못 열게 하는 법까지 만들려고 했을까."

"헤헤, 우습다. 그거 다 조선시대 때 얘기죠, 그렇죠?"

"아니, 대한민국 때 얘기란다."

머슴의 본분

한 머슴이 있었습니다. 그이는 부잣집 행랑채에 살면서 주인이 시키는 대로 부지런히 일을 했지요.

일만 잘하면 새경도 꽤 많이 받았으므로 사는 데 큰 어려움은 없었습니다. 하지만 머슴은 행복하지 않았습니다. 일이 너무 힘들어 쉴 틈이 없을 정도였기 때문이지요. 주인이 시키는 일을 다 하려면 이른 새벽부터 밤늦게까지 잠깐 한눈팔 겨를도 없었습니다. 너무 힘든 나머지 주인에게 하소연도 해 봤지만 소용없었습니다.

"아이고, 이러다가는 내 명에 못 죽겠다."

견딜 수 없어서 머슴은 그 집을 나왔습니다. 그리고 이웃 마을 다른 집을 찾아가 머슴 되기를 청했습니다. 그 집 주인은 비록 큰 부자는 아니지만 마음씨 좋다고 소문난 사람이었습니다.

과연 새 주인은 일거리도 알맞게 주고 심하게 다그치지도 않았습니다. 머슴은 쉬어 가면서 일하고 잠도 실컷 잘 수 있었습니다. 더러 일하다가 실수를 해도 쉽게 용서 받았습니다. 전에 일하던 집에 견주면 마치 천국 같았습니다.

하지만 며칠이 지나자 머슴은 문제가 있다는 걸 알았습니다. 새경이 너무 적었던 것입니다. 머슴은 주인에게 새경을 올려 달라고 부탁했지만 주인은 자기도 먹고살기 힘들다며 들어주지 않았습니다.

"아이고, 이러다가는 굶어 죽기 딱 좋겠다."

머슴은 곧 그 집을 나왔습니다. 그리고 이웃 마을 다른 집을 찾아가 머슴 되기를 청했습니다. 새로운 집 주인은 머슴을 여럿 거느린 부자였습니다.

과연 새 주인은 여태 겪은 주인들과 달랐습니다. 억지로 일을 시키지도 않았고 심한 노랑이짓을 하지도 않았습니다. 무엇보다도 일한 만큼 새경을 쳐주겠다고 하는 게 마음에 들었습니다. 머슴은 신이 나서 열심히 일했습니다.

하지만 날이 갈수록 머슴은 뭔가 일이 잘못되어 가고 있다는 걸 알았습니다. 머슴들끼리 피 말리는 다툼이 벌어진 것입니다. 남보다 일을 더 잘하는 만큼 더 나은 대우를 받았으므로 이는 피할 수 없는 일이었습니다. 주인에게 머슴들을 좀 공평하게 대해 달라고 부탁도 해 봤지만, 주인은 일 잘하는 머슴과 게으른 머슴을 똑같이 대접할 순 없다며 고개를 저었습니다.

다툼과 눈치 보기에 지친 머슴은 큰마음 먹고 그 집을 나왔습니다. 그때 한 가난뱅이 농사꾼이 다가와 말을 건넸습니다.

"자네, 머슴살이 그만두고 혼자서 살 생각은 없나?"

"혼자서 살라고요? 그러면 어떻게 되는 건가요?"

"그야 자네 힘으로, 자네 뜻대로 살게 되는 거지."

"무슨 일이든 모두 내가 정해서 혼자서 한단 말인가요?"

"그렇지."

"그러다가 일이 잘못되면?"

"그래도 혼자서 감당해야지."

"만약 집에 도둑이 들면?"

"그래도 혼자서 막아야지."

"말도 안 되는 소리!"

머슴은 그길로 첫째 주인집을 찾아갔습니다. 일이 너무 고되어 제 발로 뛰쳐나온, 성미 고약한 주인이 사는 바로 그 집이지요.

"주인님, 제가 돌아왔습니다."

"이놈아, 어딜 갔다 이제 오느냐?"

"걱정 마십시오. 이제부터는 도망도 가지 않을 테고, 일이 힘들다고 불평도 안 할 테니까요."

"당연히 그래야지. 자, 꾸물대지 말고 빨리 일을 해라."

"그런데요 주인님, 제가 이리로 오는 길에 어떤 사람이 그러데요. 혼자 힘으로 살라고요. 무슨 일이든 모두 내가 정해서 혼자서 하고, 일이 잘못되어도 혼자서 감당하고, 집에 도둑이 들어도 혼자서 막으라고요. 그래서 내가 말도 안 되는 소리라고 했습지요."

"알았으니 잔말 말고 일이나 해."

"예, 알았습니다."

그로부터 머슴은 정말로 열심히 일했습니다. 아무리 고되어도 도망갈 생각은 물론이고 불평 한마디 하지 않았습니다.

시간이 없는 사나이

옛날에 한 사나이가 살았습니다. 그이는 바쁘게 일하느라고 늘 시간에 쫓겼습니다. 그래서 입버릇처럼 이렇게 말했습니다.

"아, 시간이 없다. 시간이 없어. 조금만 더 시간이 있으면 좋으련만……."

궁리 끝에 사나이는 날랜 말 한 필을 샀습니다. 어딜 가더라도 말을 타고 가면 걸어가는 것보다 시간이 덜 걸릴 테고, 그만큼 시간을 아낄 수 있을 것 같아서였지요.

과연 말을 사고부터 이곳저곳 오가는 데 걸리는 시간이 많이 줄어들었습니다. 그래서 똑같은 시간에 전보다 더 많은 일을 할 수 있었습니다.

"야, 이건 굉장하군. 말이 시간을 이렇게 벌어 줄 줄이야."

사나이는 무척 기뻐했습니다.

그런데 없던 말이 새로 생기자 할 일도 많아졌습니다. 우선 새로 마구간을 지어야 했고, 말에게 먹일 여물도 마련해 줘야 했습니다. 온갖 말갖춤도 장만해야 했고, 때때로 마구간도 치워 줘야 했습니다.

사나이는 전보다 더 바쁘게 일했습니다. 그래도 시간은 늘 모자랐습니다. 사나이는 괴로워하며 말했습니다.

"음, 시간이 모자라는군. 시간이 필요해. 조금만 시간이 더 있으면 형편이 나아질 것을……."

궁리 끝에 사나이는 마구간지기를 한 사람 구했습니다. 마구간지기가 있으면 말을 먹이고 건사하는 데 드는 시간을 아낄 수 있을 것 같아서지요.

과연 마구간지기를 쓰고부터 말을 먹이는 일에 들던 시간이 줄어들었습니다. 그 지긋지긋하던 말먹이 일에서 풀려나 마음껏 다른 일을 할 수 있게 된 것입니다.

"야, 이것 참 멋지군. 내가 왜 진작 이런 생각을 못 했을까?"

사나이는 무척 기뻐했습니다.

그런데 새로 마구간지기를 쓰니 없던 일이 새로 생겼습니다. 무엇보다도 마구간지기에게 품삯을 주려면 일을 더 많이 해야 했습니다. 그뿐 아닙니다. 마구간지기를 감독하고 부리는 데 여간 많은 품과 시간이 드는 게 아니었습니다. 일을 잘하는지 살펴도 봐야 하고, 게으름을 피우면 꾸지람도 해야 하니까요.

사나이는 전보다 더 바쁘게 일했습니다, 하지만 늘 시간은 모자랐습니다. 사나이는 안타까운 나머지 비명을 질렀습니다.

"앗, 시간이 원수다. 일을 더 하려 해도 시간이 있어야지. 조금만 시간이 더 있으면 좋을 텐데……."

궁리 끝에 사나이는 머슴을 한 사람 들였습니다. 머슴이 있으면 자질구레한 집안일은 말할 것도 없고 마구간지기 부리는 일까지 대신 해 줄 테니, 그만큼 시간을 아낄 수 있겠다는 생각에서였지요.

과연 머슴을 들이고부터 집안일과 마구간지기 부리는 일에 들던 시간이 크게 줄어들었습니다. 그래서 그 시간에 다른 일을 더 많이 할 수 있었습니다.

"그럼 그렇지. 세상에 노력해서 안 되는 일이 어디 있어?"

사나이는 무척 기뻐했습니다.

그런데 새로 머슴을 들이고 보니 할 일이 더 많아졌습니다. 마구간지기 품삯에다 머슴 새경까지 주려면 돈을 이만저만 많이 벌어야 하는 게 아니었습니다. 밤낮없이 일해도 늘 돈은 모자랐습니다.

사나이는 일하고 또 일했습니다. 먹지도 못 하고 잠도 못 자고, 손발이 부르트고 허리가 휘도록 일했습니다. 불평할 시간조차 없었습니다. 너무나 바빠서 그랬습니다. 마침내 사나이는 지쳐 쓰러졌습니다. 쓰러지면서 이렇게 중얼거렸습니다.

"아! 시간이 없다, 시간이 없어. 조금만 시간이 더 있었어도……."

여기까지 이야기를 들은 여러분은 정말로 시간이 아깝다는 생각이 들지도 모릅니다.

"참 말도 안 되는 이야기로군. 이따위 쓸데없는 이야기를 무엇 때문에 하는 거지?"

하지만 이것을 깨달았을 때는 이미 시간은 흘러가 버렸고, 때는 늦었지요. 우리 모두는 여태 시간을 낭비한 것입니다.

한 가지 다행스러운 것이 있다면, 말도 안 되는 이 이야기가 이제 여기서 끝난다는 것입니다.

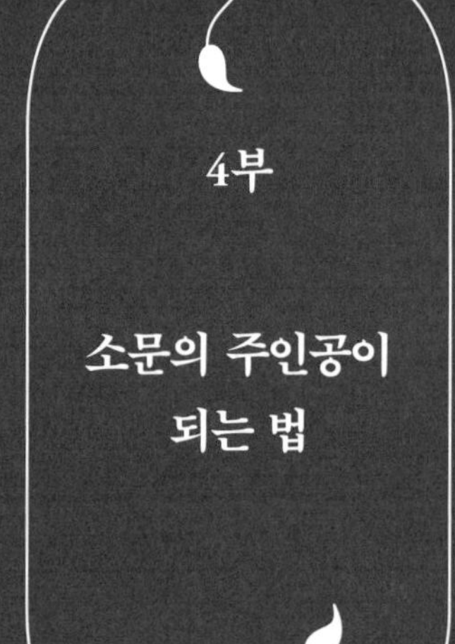

4부

소문의 주인공이 되는 법

소문의 주인공이 되는 법

옛날에 한 사나이가 살았습니다. 이 사나이에게는 소원이 하나 있었는데, 그것은 다름이 아니라 뭇사람들 입에 오르내리는 이름난 사람, 말하자면 소문의 주인공이 되는 것이었습니다.

사나이는 소원을 이루려고 한 가지 일을 시작했습니다. 저잣거리를 돌며 사람들에게 인사를 하는 것이었지요. 이름과 얼굴을 알리는 데 인사만큼 좋은 건 없을 테니까요. 사나이는 열심히 인사를 하고 다녔습니다. 아는 사람이건 모르는 사람이건, 늙은이건 젊은이건, 어른이건 아이건 가리지 않고 말입니다.

그러자 과연 많은 사람들이 사나이를 알아보았습니다. 처음에는 시큰둥해 하던 사람들도 사나이가 끈질기게 인사를 하니 다들 알은체를 해 주었습니다. 그렇게 몇 달이 지나자, 저잣거리에서 사나이와 인사를 나누지 않은 사람은 거의 없을 만큼 됐습니다.

그제야 사나이는 조심스럽게 소문에 귀를 기울였습니다. '아무개는 어쩌면 인사를 그렇게 잘 할까? 참 예절 바른 사람이야' 같은 얘기를 기대하면서 말이지요. 하지만 하루 종일 돌아다녀 봐도 그런 말은 들려오지 않았습니다. 들리는 이름이라고는 아무개 정승, 아무개 판서, 아무개 수령뿐이었지요.

사나이는 다른 일을 시작했습니다. 이번에는 저잣거리를 돌며 착한 일을 하는 것입니다. 남의 눈길을 끄는 데 착한 일만큼 좋은 건 없을 테니까요. 사나이는 열심히 착한 일을 했습니다. 남의 짐도 날라다 주고, 남의 일도 거들어 주고, 남의 집 마당도 쓸어 주었습니다.

과연 착한 일들은 많은 사람들 눈길을 끌었습니다. 처음엔 뜬금없어 하던 사람들도 시간이 흐르니 모두 진심을 알아주었습니다. 그렇게 몇 달이 지나자, 저잣거리에서 사나이 도움을 받지 않은 사람은 거의 없을 만큼 됐습니다.

그제야 사나이는 기대를 품고 소문에 귀를 기울였습니다. '아무개는 참 착하기도 하지. 다른 사람들 본보기가 될 거야' 같은 얘기를 바라면서 말이지요. 하지만 하루 종일 돌아다녀 봐도 그런 말은 들려오지 않았습니다. 들리는 이름이라고는 아무개 광대, 아무개 소리꾼, 아무개 재주꾼뿐이었지요.

사나이는 또 다른 일을 시작했습니다. 이번에는 저잣거리에서 못된 짓을 일삼는 깡패들을 혼내 주기로 했습니다. 사람들을 감동시키는 데 정의로운 싸움만큼 좋은 건 없을 테니까요. 사나이는 힘을 다해 깡패들에게 맞섰습니다. 힘을 믿고 으스대며 사람들을 괴롭히는 깡패들을 꾸짖으며, 싸움을 걸어오면 물러서지 않았습니다.

과연 그 싸움은 보람 있었습니다. 비록 깡패들에게 두들겨 맞아 온몸에 성한 곳이 없었지만 사나이의 용기와 정의감은 사람들을 감동시켰습니다. 싸움이 거듭될수록 많은 사람들이 구경하러 몰려들었고, 웅성거리는 소리와 감탄하는 소리가 저잣거리에 가득 찼습니다.

이제 사나이는 확신을 가지고 소문에 귀를 기울였습니다. '아무개는 용기가 참 대단해. 혼자서 그 많은 놈들에게 맞서다니' 같은 얘기가 들려올 것을 믿어 의심치 않았지요. 하지만 하루 종일 헤매어 봐도 그런 말은 들려오지 않았습니다. 들려오는 이름이라고는 아무개 장자, 아무개 부자, 아무개 지주뿐이었지요.

사나이는 마침내 모든 희망을 버렸습니다. 그리고 이름 없는 사람으로 평범하게 살기 위해 터덜터덜 집으로 돌아갔습니다.

여러분도 알다시피 기적은 언제나 뜻밖의 길로 찾아오는 법입니다. 바로 그다음 날이 되자 저잣거리는 온통 사나이에 관한 이야기로 가득 찼습니다. 드디어 사나이는 소원을 이뤘습니다. 이 세상 모든 소문의 주인공이 되었으니까요. 이제 여러분도 그 소문을 들어 보시렵니까?

"들었나? 웬 미친 녀석이 엊저녁에 김 장자 행차에 뛰어들었다지?"

"응, 그랬다더군. 실성한 것처럼 비틀대다가 가마에 부딪쳤다던데."

"저런, 잔뜩 취해 고주망태가 됐나 보군. 그래서 어떻게 됐다던가?"

"다행히 김 장자는 괜찮다더군. 녀석은 그 자리에서 죽었지만 말이야."

"안됐군. 오래전부터 이상한 짓을 많이 하고 다니던 친구였지."

"그러게. 남의 일에 참견이나 하고, 걸핏하면 싸움이나 벌이더니……."

세상에서 가장 쉬운 일

옛날에 한 나무꾼이 살았습니다. 나무꾼은 나무하는 일이 몹시 힘들어서, 하루는 산신령님께 빌었습니다.

"산신령님, 일이 너무 힘듭니다. 쉬운 일 좀 하고 살게 해 주십시오."

그러자 그날 밤 꿈에 산신령님이 나타나서 말했습니다.

"네가 만약 세상에서 가장 쉬운 일을 찾는다면, 그 일을 하면서 살게 해 주마."

나무꾼은 곧 이웃에 사는 부자를 찾아가 물었습니다.

"나리, 세상에서 가장 쉬운 일은 무엇일까요?"

"그야 누워서 떡 먹기지. 너무 쉬워서 하나 마나 한 일을 두고 누워서 떡 먹기라고 하지 않나."

그래서 나무꾼은 산신령님께 누워서 떡 먹기가 세상에서 가장 쉬운 일이니, 그 일을 하면서 살게 해 달라고 빌었습니다.

잠깐 까무러쳤다가 깨어난 나무꾼은, 자기가 커다란 사랑방 보료 위에 떡하니 누워 있다는 걸 알았습니다. 옆에는 먹음직스러운 떡이 가득 든 사발이 놓여 있었고요.

"음, 이게 바로 누워서 떡 먹기로군. 너무 쉬운 일이야."

나무꾼은 그날부터 누워서 떡을 먹으며 지냈습니다. 처음에는 참 좋았습니다. 그러나 며칠 지나지 않아 점점 지겨워지기 시작하더니, 달포가 지나자 떡 냄새만 맡아도 머리가 아프고 떡 소리만 들어도 속이 메슥거릴 지경이 됐습니다.

나무꾼은 다시 산신령님께 빌었습니다.

"산신령님, 아무래도 제가 잘못 알았던 것 같습니다. 세상에서 가장 쉬운 일은 따로 있는 듯합니다."

산신령님은 기꺼이 나무꾼으로 하여금 세상에서 가장 쉬운 일을 다시 찾아보게 했습니다.

나무꾼은 곧 그 고을 원님을 찾아가 물었습니다.

"사또, 세상에서 가장 쉬운 일은 무엇입니까?"

"그야 잔치를 베풀고 밤낮으로 노는 일이지. 술 마시고 노래하고 춤추면서 말일세. 그처럼 쉽고 즐거운 일이 어디 있겠나?"

그래서 나무꾼은 산신령님께 잔치판을 벌이고 노는 일이 가장 쉬운 일이니, 그 일을 하면서 살게 해 달라고 빌었습니다.

잠깐 까무러쳤다가 깨어난 나무꾼은, 자기가 너른 정자에 앉아 많은 사람을 거느리고 잔치를 베풀고 있다는 걸 알았습니다. 잔치판에는 향기로운 술과 맛난 음식이 상마다 가득했고, 아름다운 노래와 흥겨운 춤이 끊이지 않았습니다.

"야, 이건 참 좋구나. 세상에서 가장 쉬운 일일 뿐 아니라 즐거운 일이기도 하니 질릴 일도 없을 테지."

하지만 그 생각은 오래가지 못했습니다. 처음 며칠은 괜찮았지만, 며칠 못 가 그만 진절머리가 나기 시작했습니다. 달포가 지나자 노랫소리라면 꿈에 들릴까 무섭고, 춤이라면 헛것이라도 뵐까 겁이 날 지경이 됐습니다.

나무꾼은 다시 산신령님께 빌었습니다.

"산신령님, 이번에도 제가 틀린 것 같습니다. 잔치 벌이는 것도 세상에서 가장 쉬운 일은 아니었습니다."

산신령님은 아무 말 없이 나무꾼에게 한 번 더 기회를 주었습니다.

나무꾼은 곧 고을에서 가장 똑똑하다는 선비를 찾아가 물었습니다.

"샌님, 세상에서 가장 쉬운 일을 알고 싶습니다."

"아무 일도 안 하고 빈둥거리며 세월을 보내는 것이지. 그보다 쉬운 일이 있다면 사람의 일이 아니겠지."

그래서 나무꾼은 산신령님께 아무 일도 안 하고 빈둥거리는 게 가장 쉬운 일이니, 그 일을 하면서 살게 해 달라고 빌었습니다.

잠깐 까무러쳤다가 깨어난 나무꾼은, 자기가 아무 일도 안 하고 빈둥거리며 세월을 보내고 있다는 걸 알았습니다. 가만히 있어도 먹을 것, 입을 것이 절로 생기니 신경 쓸 일도 하나 없었습니다.

"음, 과연 아무 일도 않고 빈둥거리기는 쉬운 일이야."

하지만 얼마 못 가 나무꾼은 이것이 세상에서 가장 쉬운 일이 아니라 가장 어려운 일임을 깨달았습니다. 하루 종일 아무 일도 안 하고 가만히 있자니 좀이 쑤시고 온몸이 근질거려 견딜 수가 없었습니다.

마침내 참을성이 동난 나무꾼은 자리를 박차고 일어났습니다. 그리고 기분이나 바꿔 보려고 지게를 지고 산으로 올라갔습니다. 그리고 나무를 했습니다.

야, 이건 정말 놀라운 일입니다. 낫질을 하니 손에 신명이 오릅니다. 도끼를 휘두르니 온 산이 쩌렁쩌렁 울리고, 갈퀴질 한 번에 세상이 품에 들어옵니다. 세상 어떤 일도 이보다 더 쉽고 재미난 일은 없을 것 같습니다.

나무꾼은 소리쳐 산신령님을 불렀습니다.

"산신령님, 이제야 알았습니다. 세상에서 가장 쉬운 일은 나무하는 일입니다. 전 이제부터 나무를 하며 살겠습니다."

여러분은 이 대목에서 혹시 '이제야 깨달았느냐? 네가 지금 하는 일이 세상에서 가장 쉽고도 귀한 일이니라' 하는 산신령님의 묵직한 목소리를 기대했나요? 그렇다면 잘못 짚었습니다.

산신령님은 짜증 섞인 목소리로 말했습니다.

"에잇, 거참 실망스러운걸. 사실은 나도 산신령 일이 너무 힘들어서, 네가 세상에서 가장 쉬운 일을 찾아내면 그 일을 하려고 했거든. 그런데 네 말을 듣고 보니 꿈 깨야겠구나. 힘들더라도 산신령 노릇을 하면서 살 수밖에……."

상인과 농부

두 사람이 한마을에 살았습니다.

한 사람은 ('갑'이라고 합시다) 날마다 쉬지 않고 부지런히 일했습니다. 그렇게 해서 돈이나 물건을 얻으면 반드시 자기만 아는 곳에 차곡차곡 모아 두었습니다. 그러느라고 잠도 덜 자고 먹기도 덜 먹었습니다.

또 한 사람은('을'이라고 합시다) 알맞게 일하고 충분히 놀았습니다. 배가 고프면 먹었고, 먹고 나면 쉬었습니다. 새 소리 듣기와 저녁놀 바라보기를 좋아했으며 낮잠 자기와 어슬렁거리기를 즐겼습니다.

갑은 을을 게으르다고 생각했고, 을은 갑이 욕심을 부린다고 생각했습니다.

갑은 스무 살이 되자 고향을 떠났습니다.

"이 시골구석은 내 뜻을 펼치기엔 너무 좁고 답답해. 더 넓은 세상으로 나가 큰일을 해야지. 반드시 성공해서 돌아올 테야."

고향을 떠난 갑은 도시로 가서 장사를 했습니다. 과연 도시는 갑 같은 사람이 재물을 모으기에 알맞은 곳이었습니다. 씨를 뿌리고 몇 달을 기다려야 소출이 나오는 농사와 달리, 장사란 하루하루 돈이 생기는 일이니까요. 게다가 돈은 모으면 모을수록 더 많이 불어났습니다. 갑은 신이 나서 열심히 일했습니다.

갑이 도시에서 장사를 하는 동안, 을은 고향 마을에서 늘 그래 왔던 것처럼 농사를 지으며 살았습니다. 태어날 때부터 살아온 조그만 오막살이에서 늘 보는 산과 내를 바라보며, 먹을 만큼 일하고 남는 시간은 놀면서 살았습니다. 살림살이야 말할 나위도 없이 가난했지요.

십 년이 지났습니다. 갑은 그동안 부지런히 일한 덕분에 꽤 많은 돈을 모았습니다. 그래서 그 돈으로 가게를 넓히고 더 많은 물건을 들여놓았습니다. 틈나는 대로 권세 있는 벼슬아치들을 찾아가 환심도 사 두었습니다. 그렇게 하는 것이 장사에 도움이 된다는 걸 알았기 때문입니다.

갑이 많은 돈을 버는 동안, 을은 변함없이 고향에서 농사를 지으며 살았습니다. 을의 오랜 버릇, 이를테면 볕이 좋은 날 툇마루에 걸터앉아 조는 것과 길 가다 꽃이나 풀을 보면 시간 가는 줄 모르고 들여다보는 것 또한 달라지지 않았습니다. 을의 살림살이는 여전히 가난했습니다.

또 십 년이 지났습니다. 갑은 이제 도시에서 내로라하는 큰 상인이 되었습니다. 갑의 가게는 끝이 안 보일 만큼 커졌고, 문 앞에는 날마다 고관대작들과 귀부인들의 발길이 끊이지 않았습니다. 그러나 갑은 잠시도 손에서 일을 놓지 않았습니다. 재물과 명성은 지키지 않으면 물거품처럼 사라진다는 걸 알았기 때문입니다.

갑이 상인으로서 이름을 떨칠 동안, 을은 여전히 시골에서 농사를 지으며 살았습니다. 봄이 되면 씨를 뿌리고 여름내 가꾸어서 가을이 되면 거두고 겨울에는 편히 쉬었습니다. 풍년이 들면 배불리 먹고 흉년이 들면 조금만 먹었습니다. 살림살이는 언제나처럼 가난했습니다.

또 십 년이 지났습니다. 갑은 이제 도시에서 더는 따라올 사람이 없을 만큼 크나큰 상인이 되었습니다. 가게는 궁궐처럼 으리으리해졌고 돈은 궤짝에 차고 넘쳤습니다. 상인의 이름은 하늘을 찔러, 도시 안에 그 이름을 모르는 사람이 없을 정도가 되었습니다.

갑은 드디어 더는 이룰 것이 없음을 깨달았습니다. 그리고 고향으로 돌아가기로 마음먹었습니다.

고향 마을로 돌아간 갑은 곧 산기슭에 큰 집을 짓고, 살아가는 데 필요한 모든 것을 갖추었습니다. 진귀하고 훌륭한 세간들을 방마다 가득 채웠습니다. 큰 집 살림을 지키기 위해 많은 머슴과 종과 문지기와 고지기들도 고용했습니다. 이제 남은 삶을 즐길 일만 남았습니다.

그제야 갑은 옛 동무가 생각났습니다. 그래서 을을 찾아갔습니다. 옛 동무는 초가집 툇마루에 걸터앉아 졸고 있었습니다.

"여, 잘 있었나? 자네는 여태 이 오막살이에서 사는군. 이런, 마당도 그대로고 텃밭도 그대로 아닌가? 조는 모습도 달라지지 않았네그려."

"오랜만일세. 들으니 자네는 크게 성공했다더군."

"뭐, 아쉬운 게 없을 정도이긴 하지. 지난 삼십 년 동안 쉬지 않고 일했으니 그 보람은 있어야 할 게 아닌가."

"그렇겠지. 그런데 그 보람이 어떤 건지 물어봐도 되겠나?"

"그야, 많은 재물과 명성을 얻었지. 덕분에 이제 편히 쉴 수 있게 됐거든. 그 지긋지긋한 일에서 벗어나 편히 놀 수 있게 됐단 말일세."

"놀게 됐다고?"

"그럼, 빈둥빈둥 게으름도 피워 가면서 말이야. 하지만 너무 놀기만 하면 병이 생길지 모르니 하루 반나절쯤은 가벼운 일이라도 하는 게 좋겠지?"

상인은 농부가 자기를 부러워하기를 바랐습니다. 하지만 농부는 한동안 고개를 갸웃거리다가 되물었습니다.

"아니, 그런 거라면 내가 이제껏 날마다 해 온 일인걸. 자네, 그걸 위해서 삼십 년을 고생했단 말인가?"

느림보 바우가 일등 한 사연

옛날 어느 마을에 바우라는 가난한 총각이 살았습니다.

바우는 나름대로 부지런히 일했지만, 남들이 보기에는 그렇지 않았나 봅니다. 일을 하면서도 눈에 띄는 풀과 꽃과 돌멩이와 벌레 같은 작은 것들에 마음을 빼앗겨 물끄러미 바라보고 있을 때가 많았기 때문이지요. 그래서 마을 사람들은 바우를 느림보라 부르며 흉보았습니다.

"저것 좀 봐. 느림보 바우가 일하다 말고 또 뭘 하는 거지? 어이구, 속 터져. 느려 터진 게으름뱅이 같으니라고."

다른 사람들은 바우와 달랐습니다. 그이들은 언제나 바쁘게 움직였고, 쉴 새 없이 일했으며, 작은 것에 눈길을 주는 일도 없었습니다. 조금이라도 값나가는 물건이 있으면 서로 먼저 차지하려고 다투었습니다.

그렇게 다투다 보니, 마을 안에 더는 욕심낼 만한 값나가는 물건들이 남아 있지 않았습니다. 그러자 사람들은 어마어마한 경주를 준비했습니다. 똑똑한 사람들이 앞장섰습니다.

"마을 밖에는 아직도 임자 없는 물건이 많을 거야. 그것을 찾으러 가자."

"그래, 여기서 어물쩍거리다가는 우물 안 개구리가 되기 십상이다. 세상은 넓고, 차지할 것은 많다."

마을 사람들은 곧 규칙을 정하고 경주를 시작했습니다. 규칙은 아주 간단했습니다.

"첫째, 모두가 한날한시에 한자리에서 떠난다. 둘째, 일등 한 사람이 뭐든 다 차지한다."

드디어 수많은 사람들이 먼지를 일으키며 마을을 떠나 한쪽으로 달리기 시작했습니다. 힘센 남자 어른들이 앞서 달리고, 그 뒤를 여자 어른들이 쫓아갔습니다. 노인들과 아이들, 몸이 불편한 사람들은 뒤처졌습니다. 그이들은 앞서 내달린 사람들이 일으킨 자욱한 먼지를 마시며 힘들게 걸음을 옮겼습니다.

바우는 맨 뒤에 처졌습니다. 다른 까닭이 있는 건 아닙니다. 다만 달리기 싫었을 뿐입니다.

"글쎄, 사람들이 찾는 물건이 얼마나 좋은 건지는 모르지만 꼭 경주를 해서 차지해야 하나? 좋은 것일수록 모두가 똑같이 나누어 가지면 좋을 텐데……."

바우는 맨 뒤에서 천천히 걸으며 넘어진 아이를 일으켜 주고 절뚝거리는 노인을 부축해 주었습니다. 하지만 어느새 아이도 노인도 저만치 멀어져 갔습니다. 뒤처지면 안 된다는 두려움이 그이들마저 앞으로 내몰았기 때문입니다.

이제 바우는 혼자 남아, 먼지바람이 휩쓸고 간 뒤에 남은 풀과 꽃과 돌멩이와 벌레 들을 쓸쓸히 바라보았습니다. 바우는 외로웠지만, 풀과 꽃과 돌멩이와 벌레 들로 이루어진 세상은 여전히 놀라웠습니다. 그 작은 풀과 꽃과 돌멩이와 벌레 들을 하나하나 들여다보고, 쓰다듬고, 인사하고, 말을 건네느라고 바우는 사흘이 지나도록 마을을 벗어나지 못했습니다.

여러분은 바우를 느림보라고 놀려도 좋습니다. 그래도 바우는 화내지 않을 것입니다.

나흘째 되는 날, 이상한 일이 일어났습니다. 해 뜰 무렵 저 멀리서 사람들이 흙먼지를 일으키며 달려왔습니다. 얼마나 힘들게 달려왔는지, 모두들 지쳐서 숨조차 제대로 가누지 못했습니다. 그중 가장 먼저 달려온 한 사람이 숨을 헐떡이며 말했습니다.

"오, 내가 이등이로군. 바우가 일등 할 줄이야."

곧이어 뒤따라온 사람도 숨을 헐떡이며 말했습니다.

"나는 삼등인가? 일등은 누구지? 느림보 바우? 믿을 수 없어."

곧 다른 사람들도 줄줄이 달려와 숨을 헐떡이며 말했습니다.

"느림보 바우가 일등을 하다니, 해가 서쪽에서 뜰 일이로군."

가만히 보니, 그이들은 모두 나흘 전에 경주를 떠났던 마을 사람들이었습니다.

이게 대체 어찌된 일인지 여러분에게 설명을 해 주어야겠군요. 경주를 시작한 지 이틀째 되는 날, 마을 사람들은 뭔가 잘못됐다는 걸 깨달았습니다. 값진 물건은 아무 데도 없었고, 어디를 가나 메마른 모래땅뿐이었기 때문입니다. 마을 사람들이 정말로 찾아야 할 것은 풀과 꽃과 돌멩이와 벌레 들이 있는 마을이었습니다. 그것을 깨달은 순간, 사람들은 모두 뒤돌아서 거꾸로 달리기 시작했습니다. 자연히 맨 앞에서 일등으로 달리던 사람은 꼴찌가 됐고, 맨 뒤에 처진 사람은 일등이 되었습니다.

이것이 느림보 바우가 일등 한 사연입니다. 뒷일이 궁금한 분은 이 나라에서 가장 외진 산골 마을을 찾아가 보십시오. 그리고 거기서 풀과 꽃과 돌멩이와 벌레 들과 이야기를 하고 있는 젊은이를 만나거든, 그 뒷일을 물어보기 바랍니다.

행복한 농사꾼

옛날에 한 농사꾼이 소를 몰고 가다가, 당나귀를 탄 황아장수를 만났습니다. 황아장수는 온갖 무거운 물건을 당나귀 등에 잔뜩 지우고, 그 위에 자기도 올라타고 갔습니다. 당나귀는 힘에 겨워 금방이라도 쓰러질 것만 같았습니다. 농사꾼은 당나귀가 불쌍해서 견딜 수 없었습니다.

"여보시오, 그 당나귀랑 이 소를 바꾸지 않겠소?"

황아장수는 이게 웬 떡이냐는 듯 얼른 당나귀를 내주고 소를 가져갔습니다.

농사꾼은 불쌍한 당나귀를 구하게 되어 무척 행복했습니다.

농사꾼은 당나귀를 몰고 길을 가다가 목도꾼 패거리를 만났습니다. 목도꾼들은 장대에 개 한 마리를 매달아 어깨에 메고 가는 중이었습니다. 개는 가꾸로 매달린 채 끙끙거리며 울었습니다.

"여보시오들, 그 개는 왜 매달아 가는 게요?"

"내일이 복날이라 잡아먹으려고 그러지요."

농사꾼은 개가 너무나도 불쌍했기 때문에 그냥 지나칠 수 없었습니다.

"그러지 말고 그 개 나를 주오. 그러면 이 당나귀를 드리리다."

목도꾼들은 이게 웬 떡이냐는 듯 개를 풀어주고 당나귀를 가져갔습니다.

농사꾼은 불쌍한 개를 살리게 되어 무척 행복했습니다.

농사꾼은 개를 데리고 가다가 어느 마을을 지나게 되었습니다. 마침 동네 아이들이 고양이 한 마리를 빙 둘러싸고 돌을 던져 대고 있었습니다. 고양이는 죽을힘을 다해 도망가려고 했지만, 틈이 없어 이리저리 헤매며 발버둥 칠 뿐이었습니다. 농사꾼은 고양이가 하도 불쌍해서, 돌을 맞는 것도 아랑곳하지 않고 가운데로 들어가 아이들에게 말했습니다.

"얘들아, 고양이를 놔주고 이 개를 데려가거라."

아이들은 잘됐다는 듯이 개를 데려갔습니다.

농사꾼은 불쌍한 고양이를 돕게 되어 무척 행복했습니다.

농사꾼은 고양이를 품에 안고 가다가 날이 저물어 주막집에 들었습니다. 하지만 돈이 없었기 때문에 방 대신 헛간에서 새우잠을 잤습니다.

잠을 청하던 농사꾼은 헛간을 맴도는 애꾸눈 쥐 한 마리를 만났습니다. 쥐는 까만 외눈으로 오랫동안 농사꾼을 쳐다보고 있다가, 농사꾼이 손을 내밀자 서슴없이 손바닥 위에 올라와 앉았습니다.

이튿날 날이 밝자 농사꾼은 주막집 주인에게 청했습니다.

"댁의 헛간에 있는 애꾸눈 쥐를 데려가도 되겠소? 그 대신 이 고양이를 가지시오."

주막집 주인은 선심이나 쓰듯 그러라고 하며 고양이를 받았습니다.

농사꾼은 외로운 쥐와 함께 할 수 있어서 무척 행복했습니다.

농사꾼은 쥐를 소매 속에 넣고 가다가 저잣거리를 지나게 되었습니다. 마침 싸전 앞을 지나는데, 소매 속에 있던 쥐가 고개를 내밀고 망태에 담긴 좁쌀 한 알을 집어 먹었습니다. 아마 배고픔을 참지 못했던 게지요.

그 모습을 본 싸전 주인은 몽둥이를 들고 쥐에게 달려들었습니다. 글쎄요, 남의 집 귀한 좁쌀을 훔쳐 먹은 죄가 아무리 크다 해도, 나는 그 뒤에 일어난 일을 여러분에게 이야기해 주고 싶지 않습니다. 다만 싸전 주인은 쥐를 죽인 대가로 좁쌀 한 알을 농사꾼에게 던져 주었고, 농사꾼은 그 좁쌀을 쥐와 함께 양지바른 곳에 고이 묻어 주었다는 말만은 할 수 있습니다.

자, 이제 이야기를 마무리하겠습니다. 그날 밤 농사꾼은 빈집에 들어갔다가 도깨비들을 만났습니다. 도깨비들은 수수께끼 내기를 하자고 했습니다. 먼저 도깨비들이 물었습니다.

"세상에서 가장 무서운 게 뭐냐?"

농사꾼은 '사람'이라고 대답했습니다. 그것은 맞는 답이었습니다.

다음으로 농사꾼이 물었습니다.

"소가 당나귀가 되고, 당나귀가 개가 되고, 개가 고양이가 되고, 고양이가 쥐가 되고, 쥐가 좁쌀 한 알이 되고, 그리고 아무것도 남지 않은 것이 뭐냐?"

도깨비들은 대답을 하지 못했습니다.

여기서 다른 옛이야기라면, 수수께끼 내기에서 이긴 농사꾼이 도깨비한테서 많은 보물을 얻어 부자가 되는 것으로 끝을 맺겠지요. 하지만 이 이야기는 그렇게 끝나지 않습니다. 도깨비들은 혀를 차며 그냥 나가 버렸고, 농사꾼은 아무것도 얻지 못했습니다. 아니, 한 가지는 분명히 얻었습니다. 바로 하룻밤 잠자리였지요.

농사꾼은 여전히 행복했습니다.

누가 옥황상제를 닮았나?

옛날 어느 마을에 심한 가뭄이 들어, 마을 사람들이 옥황상제께 빌었습니다.

"상제님, 상제님. 우리에게 비를 내려 주십시오."

그러자 하늘에서 종이 한 장이 떨어졌습니다. 주워 보니 거기에는 이런 글이 씌어 있었습니다.

'너희 가운데 나를 닮은 사람이 산에 올라 빌면 곧 비가 내리리라.'

마을 사람들은 기뻐하면서 곧 옥황상제 닮은 사람을 뽑았습니다.

맨 먼저 촌장이 뽑혔습니다. 촌장은 키가 크고 멋진 수염을 가슴까지 드리운 남자 노인이었습니다.

“이만하면 옥황상제와 쌍둥이라고 해도 되겠지.”

마을 사람들은 망설이지 않고 촌장을 산으로 올려 보냈습니다.

하지만 촌장이 산에 올라 아무리 열심히 빌어도 비는 내리지 않았습니다.

마을 사람들은 하릴없이 다른 사람을 뽑았습니다.

이번에는 부자가 뽑혔습니다. 부자는 온몸에 부옇게 살집이 오른 뚱뚱한 영감이었습니다.

“옥황상제는 하늘나라 임금님이니까 잘 먹어서 살도 쪘겠지.”

마을 사람들은 얼른 부자 영감을 산으로 올려 보냈습니다.

하지만 아무리 기다려도 비 소식은 없었습니다.

마을 사람들은 망설이다가 다시 사람을 뽑았습니다.

이번에는 씨름꾼이 뽑혔습니다. 씨름꾼은 몸집이 우람하고 풍채 좋은 젊은 사내였지요.

“옥황상제가 반드시 노인이란 법은 없잖아.”

마을 사람들은 기대에 부풀어 씨름꾼을 산으로 올려 보냈습니다. 하지만 목을 빼고 기다려도 비가 올 낌새는 보이지 않았습니다.

마을 사람들은 의논 끝에 다른 사람을 뽑았습니다.

이번에는 도령이 뽑혔습니다. 도령은 말쑥하고 귀티 나는 총각이었습니다.

"옥황상제는 나이를 안 먹을 수도 있지."

마을 사람들은 애써 고개를 끄덕이며 도령을 산으로 올려 보냈습니다. 하지만 안타깝게도 하늘은 내처 마른바람만 보낼 뿐이었습니다.

마을 사람들은 당황했습니다. 이제 더는 마을에 옥황상제를 닮았을 것 같은 사람을 찾을 수 없었기 때문입니다. 그러나 포기하기엔 일렀기 때문에, 남은 사람들이 차례로 산에 올라가 보았습니다. 말라깽이 농사꾼, 안짱다리 장사꾼, 장구머리 대장장이, 텁석부리 고리백정 들이 차례로 산에 올라 열심히 빌었습니다. 하지만 아무 소용이 없었습니다.

이때 한 사람이 말했습니다.

"왜 우리는 여태 옥황상제가 남자일 거라고만 생각했을까? 여자일 수도 있잖아."

이 멋진 생각은 마을 사람들에게 새로운 활기를 주었습니다.

할머니들이 차례로 산에 올라갔습니다. 그러나 비는 오지 않았습니다. 아주머니와 처녀 들이 뒤따라 올라갔습니다. 그러나 비는 오지 않았습니다.

이때 또 한 사람이 말했습니다.

"그래, 옥황상제는 어린아이 모습일 수도 있어. 천진난만한 아이 말이야."

마을에는 다시 생기가 돌았습니다. 아이들이 하나씩 산으로 올라갔습니다. 그러나 올라간 아이들이 다 내려올 때까지, 안타깝게도 비는 한 방울도 떨어지지 않았습니다.

이제 마을에 남은 사람은 없는 것 같았습니다. 사람들은 기운이 다 빠졌습니다.

남녀노소 모두가 옥황상제를 닮지 않았다면, 도대체 누가 옥황상제를 닮은 것일까요?

이때 한 아이가 소리쳤습니다.

"잠깐만요, 아직 산에 오르지 않은 사람이 있어요."

"뭐라고? 그게 누구지?"

"언년이요."

언년이는 이 마을 부잣집에서 종살이하는 여자아이로 절름발이에 곰보입니다. 게다가 머리까지 나빠서 마을 아이들한테서 바보라고 놀림을 받지요. 그런 아이가 하나 아직 산에 올라가지 않았다는 겁니다.

'하지만 설마? 어떻게 하늘나라 옥황상제가 저 못난이 언년이를 닮을 수 있단 말인가?'

마을 사람들은 모두 이렇게 생각했지만, 달리 뾰족한 수가 없었기 때문에 긴가민가하면서도 언년이를 산으로 올려 보냈습니다.

그다음 일어난 일은 여러분이 짐작하는 바와 같습니다. 언년이가 산에 올라가 제단 앞에서 손을 모으자마자, 하늘에서 시원한 빗줄기가 쏟아지기 시작한 것이지요.

옥황상제는 틀림없이 약속을 지켰습니다.

왕자의 혼인

지구에서 75광년 떨어진 제16번 행성 '곤지'별의 늠름하고 멋진 왕자가 지구에 왔을 때 사람들은 열광했습니다. 왕자가 지구에 머무르며 온 세상을 여행하는 동안 온 세상 신문 방송은 앞다투어 미주알고주알 왕자의 일거수일투족을 세상에 전했습니다.

그러던 중 놀라운 소식이 전해졌습니다. 왕자가 지구 처녀와 혼인하기로 했다는 것입니다! 게다가 그 처녀는 대한민국 강원도 산골짝에 사는 복순이라는 아가씨라는 것입니다!

곧 복순이를 두고 '신상 털기'가 시작되었습니다. 키는 160센티미터가 못 되고 몸집은 조금 뚱뚱한 편이고 눈은 가늘고 코는 납작하고 살갗은 가무잡잡하다나요. 가난한 농사꾼 집안 삼남매 중 둘째딸이고 학력은 실업계 고등학교 졸업이라는 것도 알려졌습니다.

세상 사람들은 갑자기 분주해졌습니다. 가장 먼저 이 소문이 믿을 만한가를 알아보기 위해 온갖 조사가 이루어졌습니다. 그리고 그 소문이 사실로 확인되자, 그다음부터는 왕자가 하필이면 이런 선택을 했는지 갖가지 풀이가 나오기 시작했습니다.

맨 처음 나온 풀이는 '운명설'입니다. 어떤 모진 운명 때문에 왕자 스스로 이런 선택을 하지 않으면 안 되었다는 겁니다. 사연인즉 왕자가 부왕 허락 없이 이웃 17번 행성 '고운'별의 아리따운 공주를 사랑하여 몰래 만난 죄로 지구에 귀양 왔다는 겁니다. 왕자가 귀양에서 풀려나는 길은 그 공주와 어느 모로 보나 반대되는 처녀를 만나 혼인하는 것입니다.

그러니까 이 혼인은 말 그대로 액땜 같은 것이어서, 혼례식을 올리자마자 왕자는 귀양살이에서 풀려나 자기네 별로 돌아간다는 것입니다.

이 풀이는 많은 대중들의 열렬한 지지를 받았습니다.

그다음으로 나온 풀이는 '희생설'입니다. 왕자가 지구 사람들의 못된 버릇을 고쳐 주려고 자기를 희생한다는 거지요. 모든 것을 버리고 작은 나라 궁벽한 곳에 사는 못난이 처녀에게 장가감으로써 온갖 편견과 차별을 만들어 낸 지구 사람들에게 경종을 울리려는 것이 왕자의 깊은 뜻이랍니다.

그러니까 지구 사람들은 왕자의 숭고한 희생이 헛되지 않게 하루빨리 편견과 차별을 없애고 평등한 세상을 만들어야 한다는 것입니다.

이 풀이는 특히 지식인들 사이에서 열띤 호응을 얻었습니다.

또 하나의 풀이는 '상대설'입니다. 왕자가 살던 행성에서는 아름다움의 기준이 지구와 반대라는 겁니다. 이를테면 지구 사람들은 키가 크고 날씬한 사람을 미인으로 치지만 '곤지'별 사람들은 키가 작고 뚱뚱한 사람을 미인으로 친다나요. 마찬가지로 '곤지'별에서는 눈이 가늘고 코가 납작하고 살갗이 가무잡잡한 사람이 미인이어서, 자기 고향에서 못난이로 대접 받던 왕자가 지구에서 진정한 미인을 만나 청혼했다는 얘기입니다.

확인되지 않은 가설이긴 하지만 이 또한 많은 사람들이 그럴듯하게 여겼습니다.

그리고 '득병설'이라 할 만한 것도 있습니다. 왕자가 병에 걸려 판단력이 흐려졌다는 거지요. 무엇을 잘못 먹었거나 잠깐 정신이 이상해져서 도무지 이해할 수 없는 행동을 한다는 것인데, 이 풀이를 지지하는 사람들은 누가 다른 소리를 하면 버럭 짜증부터 냈습니다. 병에 걸리거나 미치지 않고서야 왜 그런 짓을 하겠느냐는 타박이지요.

자기가 믿는 것을 조금도 의심하거나 고칠 생각이 없는 사람들은 대체로 이 주장에 동조했습니다.

어쨌든 세상은 온통 왕자님 혼인 이야기로 시끌벅적했습니다. 신문들은 다투어 온갖 사연이 담긴 이야기를 꾸미고 그럴듯한 제목을 붙였습니다.

"가엾은 왕자, 몹쓸 운명의 노예가 되다"

"그의 숭고한 희생 앞에 지구인들 숨죽여"

"온 우주에 통용될 미의 기준 마련 시급"

"세기의 수수께끼, 무엇이 왕자를 미치게 했나"

드디어 왕자가 여행을 마치고 기자회견을 하는 날이 되었습니다. 왕자는 약혼녀와 함께 구름처럼 모여든 사람들 앞에 섰습니다. 마치 봇물이 터지기라도 한 듯, 여기저기에서 물음이 쏟아져 나왔습니다.

"왕자님, 당신은 왜 그 처녀와 혼인하려 하나요?"

"어떤 몹쓸 운명이 왕자님을 이 길로 이끌었나요?"

"당신의 희생으로 지구를 살리려는 뜻이지요?"

"말씀해 보세요, 당신 마음속 아름다움의 기준을."

"당신은 제정신인가요? 아니면 무엇에 씌었나요?"

"어서 말해 주세요. 왜, 어째서, 무슨 까닭으로 그 처녀와 혼인하는지."

왕자와 복순은 한참 동안 어리둥절한 얼굴로 서로를 바라보다가 함께 대답했습니다.

"그게 다 무슨 말이지요? 우리는 서로 사랑해서 혼인한답니다. 다들 그러지 않나요?"

위대한 진리

옛날에 한 철학자가 살았습니다. 그이는 오랫동안 많은 것을 보고 듣고 읽고 궁리하여 아는 것이 많았지만, 단 한 가지 풀지 못한 의문이 있었습니다. 그것은 이 세상에서 가장 위대한 진리는 무엇인가 하는 것이었습니다.

궁금증을 풀지 못한 철학자는 하느님 도움을 받기로 하고, 날을 받아 목욕재계한 다음 하늘을 보고 빌었습니다.

"세상에서 가장 위대한 진리는 무엇입니까? 목숨 있는 것들 누구나 지키고 따를, 당신조차 그 앞에서 경의를 표할 만한 만고불변의 진리 말입니다. 부디 가르쳐 주십시오."

기도가 끝나자마자 하늘에서 바구니 하나가 내려왔습니다.

바구니 안에는 포대기에 싸인 갓난아기가 들어 있었습니다. 아기는 '응애응애' 큰 소리로 울고 있었습니다. 그리고 포대기에는 이런 말이 씌어 있었습니다.

"이 아기는 '진리의 아기'로서, 세상에서 가장 위대한 진리를 들을 때까지 끊임없이 울 것이다. 아기 울음을 그치게 하고 싶거든 세상에서 가장 위대한 진리라고 여기는 것을 아기에게 들려주어라."

철학자는 재미있는 숙제를 내 준 하느님께 감사하며, 곧 위대한 진리 찾는 일에 몰두했습니다. 먼저 제자들과 함께 책 더미에 파묻혀 훌륭한 말들을 부지런히 찾았습니다. 그리고 그 말들을 공책에 열심히 베낀 다음 아기에게 들려주었습니다.

"인간은 만물의 영장이다."

"음과 양이 조화를 이루어 우주 만물을 창조하였다"

"본능은 행동 양식을 결정하고 이성은 사고의 패러다임을 좌우한다."

모두가 근사하고 훌륭한 말들이었기 때문에, 이 가운데 가장 위대한 진리가 있으리란 걸 믿어 의심하지 않았습니다. 하지만 이게 웬일일까요? 두꺼운 공책에 빽빽이 적은 말들을 다 읽어 줄 때까지 아기는 끝내 울음을 그치지 않았습니다.

철학자와 제자들은 다른 길을 찾기로 했습니다. 이번에는 명상입니다. 오랫동안 고요한 곳에서 생각에 잠긴 끝에, 철학자와 제자들은 저마다 그동안 자기가 깨달은 진리를 아기한테 말해 주었습니다.

"암흑 속에서 불빛이 더 잘 보인다."

"반드시 눈에 보이는 것만 존재하는 것은 아니다."

"천 가지 근심도 만 가지 걱정도 모두 헛된 마음에서 나오는 것이다."

모두 깨달음이 담긴 명언들이었기 때문에, 이 가운데 가장 위대한 진리가 있을 거라고 믿는 건 당연했습니다. 하지만 이번에도 기대는 실망으로 이어졌습니다. 그 많은 오묘한 진리가 다 전해질 때까지 아기는 끝내 울음을 그치지 않았으니까요.

이제 남은 길은 한 가지뿐입니다. 철학자와 제자들은 세상 곳곳에 나가 사람들이 하는 말을 주의 깊게 들어 보기로 했습니다. 오랫동안 여러 말들을 듣고 모은 끝에 꽤 훌륭한 말들이 많이 모였습니다. 철학자와 제자들은 그 말들을 낱낱이 아기에게 들려주었습니다.

"낮말은 새가 듣고 밤말은 쥐가 듣는다."

"호랑이가 죽으면 가죽을 남기고 사람이 죽으면 이름을 남긴다."

"산속에 있는 열 도둑은 잡아도 제 마음속에 있는 한 도둑은 못 잡는다."

모두 옛날부터 전해 오는 슬기 넘치는 말들이니, 이 가운데 가장 위대한 진리가 있는 건 순리처럼 보입니다. 하지만 이번에도 소용없었습니다. 멋진 옛말들이 바닥날 때까지 아기는 울음을 그치지 않았으니 말입니다.

드디어 철학자의 참을성이 바닥나고 말았습니다. 여러분은 부디 이해해 주기 바랍니다. 그동안 긴 세월 밤낮으로 아기 울음소리를 듣고 살아왔으니 그럴 만도 하지 않겠습니까? 철학자는 참지 못하고 버럭 소리를 질렀습니다.

"어서 유모를 데려오너라. 진리 따위는 어찌 돼도 좋으니 한

시라도 빨리 저 지긋지긋한 울음소리 좀 그치게 해라."

곧 경험 많은 할머니가 불려 왔습니다. 할머니는 아기를 품에 안고 나직한 목소리로 자장가를 불러 주었습니다. 그런데 참으로 놀라운 일이 벌어졌습니다.

"자장자장 잘 자라, 우리 아기 잘 자라. 무럭무럭 잘 자라 착한 사람 되어라."

할 때까지는 여전히 울음을 멈추지 않던 아기가,

"싸우지 말고 사이좋게 지내라, 미워도 하지 말고 함께 살아라."

하는 대목에 이르러 울음을 뚝 그쳤으니 말입니다.

이 세상에서 가장 위대한 진리가 할머니 입에서 흘러나온 순간이었습니다.

언 땅을 녹인 것

옛날, 세상과 동떨어진 어느 마을에 있었던 일입니다.

어느 날 마을 사람 중 하나가 벌에 쏘여 퉁퉁 부은 귀를 가리기 위해 소가죽 모자를 만들어 썼습니다. 마을 사람들은 모두 그것이 무척 멋있어 보여서, 너도나도 소가죽으로 모자를 만들어 쓰기 시작했습니다.

소가죽 모자가 인기를 끌자 소가죽 옷과 신이 나오기 시작했습니다. 사람들은 소가죽으로 저고리와 바지를 지어 입었습니다. 사치하는 이들은 소가죽 도포와 소가죽 갖신으로 멋을 내기도 하였습니다.

소가죽 값이 치솟자 모두가 소를 길렀습니다. 농사꾼들은 농기구를 팔아 치우고 소를 길렀고, 고기 잡던 사람들은 그물을 내던지고 소를 길렀습니다. 본디 논밭이었던 곳에 외양간이 즐비하게 들어섰습니다. 기른 소는 가죽을 얻기 위해 무자비하게 잡았습니다. 마을은 소 울부짖는 소리와 버려진 쇠털과 쇠똥 냄새로 가득 찼습니다.

넘쳐 나는 소 내장과 쇠기름 때문에 호수와 강이 더러워졌습니다. 이제 아무도 그 물을 마시지 못하고 그 물로 농사를 지을 수 없었습니다. 물에 살던 물고기도 다 죽었습니다.

마을 사람들은 하릴없이 산에서 내려오는 냇물을 막아 웅덩이를 만들고, 그 웅덩이에 고이는 물로 목을 축이고 밥을 지어 먹었습니다. 물이 마르면 그 위쪽 물길을 막아 웅덩이를 만들었고, 그 물이 마르면 또 위쪽 물을 막아 웅덩이를 만들었습니다. 그러는 동안 숲을 이루던 나무가 차츰 베어져 나갔습니다.

겨울이 되자 전에 없던 추위가 몰아닥쳤습니다. 숲이 더는 북쪽에서 몰아치는 찬 바람을 막아 주지 못했기 때문입니다. 사람들은 더 많은 나무를 베어다가 불을 피웠습니다.

그러는 동안 숲은 점점 사라져 갔습니다. 그리고 숲이 사라져 갈수록 추위는 더 기세를 떨쳤습니다. 사람들은 소가죽 모자를 쓰고 소가죽 옷을 입고 소가죽 신을 신은 채 오들오들 떨며 추위를 견뎠습니다.

드디어 길고 긴 겨울이 지났습니다. 하지만 봄이 와도 달라지는 것은 없었습니다. 양지쪽에는 새싹이 돋아나지 못했고 햇볕은 얼음을 녹이지 못했습니다. 북쪽에서 불어오는 매운바람과 눈보라만이 온 마을을 뒤덮었습니다.

이제 마을에는 곡식도 나무도 남지 않았습니다. 남은 것이라고는 오직 지천에 널린 소가죽뿐이었습니다. 하지만 꽁꽁 얼어붙은 땅이 녹지 않았기 때문에 곡식 씨앗 한 알 뿌릴 수가 없었습니다. 마을 사람들은 땅이 다만 한 뼘이라도 녹기를 바랐지만, 아무래도 그것은 가망 없는 일처럼 보였습니다.

이때 기적이 일어났습니다.

햇볕이 안간힘을 쓰며 눈보라 사이를 뚫고 나온 어느 날 아침, 일곱 살배기 벙어리 아이 순이가 누더기를 걸친 채 절룩거리며 꽁꽁 얼어붙은 들판으로 나갔습니다. 순이 또한 다른 사람들과 마찬가지로 몸을 가눌 기운조차 없었지만, 작은 토끼 한 마리가 들판 한가운데에서 웅크리고 앉아 떨고 있는 모습을 보고만 있을 수 없었던 것입니다. 작은 토끼는 먹을 것을 찾아 눈 덮인 산에서 여기까지 내려왔나 봅니다.

가만가만 토끼에게 다가간 순이는 자기 몸에 걸친 누더기를 벗어 토끼 몸을 감싸 주었습니다. 작은 토끼는 누더기에 싸여 조용히 눈을 감았습니다.

순이 눈에서 눈물 한 방울이 떨어졌습니다. 왼쪽 눈에서 한 방울, 이어서 오른쪽 눈에서 한 방울, 그리고 양쪽 눈에서 몇 방울이 더 떨어졌습니다.

눈물이 땅에 떨어져 동그랗게 번지자, 굳게 얼어붙었던 얼음이 스르르 녹았습니다. 그 기운은 사방으로 퍼지고 퍼져, 드디어 부드럽고 촉촉한 흙이 드러났습니다.

얼음이 녹아 흙이 드러난 자리는 처음에 사발만 하던 것이 차츰 넓어져 멍석만 해지고 마당만 해지고, 드디어 온 들판으로 퍼져 나갔습니다. 이제 누군가 씨를 뿌려 주기만 하면 녹은 땅에 새싹이 돋아날 것도 같습니다.

이 마을 사람들이 바보가 아니라면, 조금 시간이 걸리긴 하겠지만, 마을을 다시 옛 모습으로 되돌리는 일이 아주 불가능한 건 아니겠지요?

늑대가 나타났어요!

옛날 어느 평화로운 마을에 늑대가 나타나면서 이 이야기는 시작됩니다.

늑대가 나타날 때까지 이 마을에는 아무도 늑대를 본 사람이 없었습니다. 지난 80년 동안 마을에 늑대가 나타난 적이라곤 한 번도 없었거든요. 하지만 사나운 늑대에 얽힌 이야기가 많이 전해 오고 있는 걸 보면 옛날에는 늑대가 더러 나타났나 봅니다.

아무튼 한 나무꾼이 마을 뒷산에서 늑대를 처음 보고 마을 사람들한테 알렸을 때, 사람들의 놀라움은 이만저만이 아니었습니다. 눈으로 보지 않고서는 믿을 수 없다고 생각한 사람들은 곧 뒷산으로 가 보았고, 산기슭에 서서 '우우' 하고 울부짖는 짐승이 옛이야기 속에 나오는 늑대라는 것을 아는 순간 모두가 얼어붙었습니다.

곧 산기슭 아래 빈터에서 마을 회의가 열렸습니다.

"우리 마을에는 지난 80년 동안 늑대가 나타난 일이 없었습니다. 그런데 이게 대체 무슨 변고입니까?"

"그러게 진작 대비를 했어야 하지 않나요? 대체 촌장님은 뭘 하고 있었죠?"

"왜 애꿎은 촌장님을 들추지요? 그러는 댁은 진작에 대비하자는 말을 한마디라도 했나요?"

"자자, 말싸움은 그만두세요. 그보다 일이 이 지경이 된 원인을 찾아내야 합니다. 그래서 책임질 사람이 있으면 책임을 져야지요."

마을 사람들은 곧 늑대가 나타난 원인을 밝히는 일에 나섰습니다. 몇몇 똑똑한 사람들이 앞장서고 많은 증언과 토론이 이어진 끝에 드디어 원인이 밝혀졌습니다.

"첫째, 늑대가 나타날 수도 있다는 가능성이 있었음에도 그런 사실을 마을 사람들에게 널리 알려 경각심을 고취하는 일을 소홀히 한 측면이 있다. 둘째, 늑대에게 우리 마을에 나타나지 말라는 경고를 수차 했어야 함에도 일찍이 그런 시도조차 하지 않았던 것은 심각한 실수라 할 것이다. 셋째, 늑대가 허구한 마을을 두고 하필 우리 마을에 나타난 것은 누군가 늑대를 꾀었을 가능성을 배제할 수 없으며 이것이 사실로 드러나면 반역죄로 다스려야 한다."

이렇게 분명한 원인이 밝혀졌지만, 아무도 책임지려는 사람이 없었기 때문에 지루한 말싸움이 또 이어졌습니다. 끝내 마을 사람들은 패를 갈라 서로 삿대질을 하기에 이르렀습니다.

이때 한 사람이 외쳤습니다.

"모두들 다투지 말고 늑대를 물리칠 방도를 찾읍시다. 우리가 힘을 합하면 못할 것도 없지요."

"그래요. 지금은 원인을 따지고 책임을 물을 때가 아니에요."

"좋습니다. 그런 건 나중에 얘기하기로 하고, 우선 저놈을 물리칠 계책을 냅시다."

"서둘러야 해요. 어물쩍거리다가는 우리 모두 놈에게 당할지도 몰라요."

마을 사람들은 곧 머리를 맞대고 늑대를 물리칠 궁리를 하기 시작했습니다. 몇몇 용감한 사람들이 앞장서고 멋진 경험과 훌륭한 무용담이 이어진 끝에 드디어 늑대를 물리칠 계책이 나왔습니다.

"첫째, 늑대는 음흉한 짐승이므로 살려 두면 반드시 다시 돌아와 해코지할 것이니 이참에 아예 없애 버리는 게 후환을 없애는 길이다. 둘째, 늑대는 사나운 짐승이므로 정면에서 달려들면 도리어 당할 우려가 있으니 측면과 배후에서 기습하는 것이 좋다. 셋째, 늑대는 교활한 짐승이므로 물러서거나 다가오는 척하면서 딴마음을 품을지도 모르니 속임수 몸짓에 넘어가지 않도록 각별히 조심한다."

이렇게 분명한 계책이 마련되었지만, 아무도 앞장서려는 사람이 없었기 때문에 지루한 눈치 보기가 또 이어졌습니다. 드디어 마을 사람들은 서로를 곁눈질하며 원망하는 말을 쏟아 내기에 이르렀습니다.

그때였습니다. 마을 어린아이들이 빈터에 나타났습니다. 아이들은 아무리 기다려도 어른들이 오지 않자 어머니 아버지를 찾아 나온 것입니다. 그러나 아이들은 어둠 속에 모여 있는 사람들보다 달빛을 받고 서 있는 늑대를 먼저 보았습니다.

"얘들아, 위험해! 얼른 집으로 돌아가!"

어른들이 급히 소리쳤지만 이미 때는 늦었습니다.

아이들은 망설임도 없이 깡충깡충 늑대에게 뛰어갑니다. 그리고 늑대를 빙 둘러쌉니다.

"얘들아, 얘가 배고픈가 봐. 입을 벌리고 저렇게 슬픈 소리를 내는 걸 보니."

"정말 그렇구나. 우리가 먹이를 주자."

"그래, 그러자. 그런데 넌 얘가 뭘 먹는지 아니?"

"글쎄, 죽은 짐승을 먹지 않을까?

"고깃덩이도 먹을 거야."

"그래, 그래. 고깃덩이를 주자."

아이들은 잠깐 사이에 집으로 달려가 고깃덩이를 가져옵니다. 그리고 앞다투어 늑대에게 먹입니다. 늑대는 얌전하게 고깃덩이를 받아먹습니다. 아이들은 늑대가 먹이를 먹는 동안 목과 배를 쓰다듬어 주느라 바쁩니다.

드디어 늑대가 먹이를 다 먹었습니다. 배불리 먹은 늑대는 고맙다는 듯 꼬리를 흔들며 아이들 손등을 핥아 주고는, 어둠 속에서 숨죽이고 있는 어른들을 곁눈질로 힐끗 바라본 다음 슬며시 몸을 돌립니다. 그리고 아이들의 손 인사를 받으며 천천히 숲속으로 사라집니다. 이렇게 해서 마을에는 다시 평화가 찾아왔습니다.

자, 이제 늑대가 사라졌으니 이야기를 그만 끝냅시다.

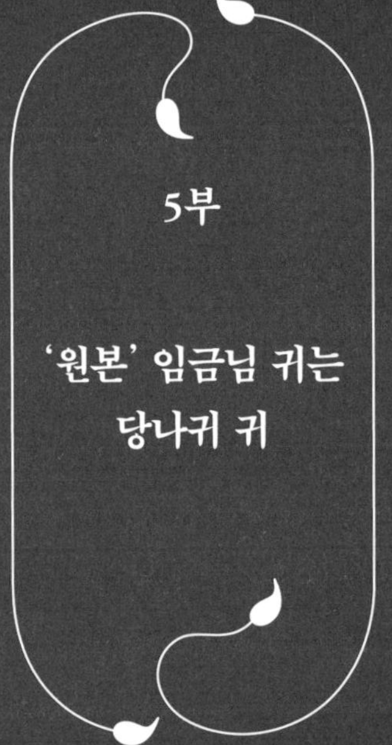

5부

‘원본’ 임금님 귀는 당나귀 귀

'원본' 개미와 베짱이

옛날에 개미와 베짱이가 살았습니다.

부탁하건대 여러분은 이 첫 대목을 듣고 "에이, 다 아는 이야기잖아?" 하며 성급하게 이야기판을 떠나지 마십시오. 이 이야기는 우리가 다 아는 '그 이야기'와는 조금 달라서 한번 들어볼 만할지도 모릅니다.

어느 해 여름이었습니다. 베짱이는 노래하고 춤추며 즐겁게 놀았습니다. 혼자서 논 것은 아닙니다. 동무 베짱이들과 어울려 놀았지요. 베짱이가 즐겁게 놀면 동무 베짱이들도 덩달아 즐거워했습니다. 베짱이는 무척 행복했습니다.

한편 개미는 쉬지 않고 일했습니다. 개미는 노래하고 춤추며 노는 것을 시간 낭비라 여겼고, 다른 개미와 어울리는 것도 바보짓이라 여겼습니다.

"내 앞날을 위해서 지금 부지런히 일하지 않으면 안 되지."

개미는 힘든 것도 꾹 참고 밤낮없이 먹이를 모았습니다.

여름도 막바지에 이르렀습니다. 베짱이는 여전히 노래하고 춤추며 다른 베짱이들과 어울려 놀았습니다. 하지만 우리가 아는 것처럼 일을 조금도 안 하고 그저 놀기만 한 것은 아니었습니다. 베짱이도 배가 고프면 먹이를 가져다 먹었습니다. 개미와 다른 점이 있다면, 꼭 먹을 만큼만 가져다가 먹었을 뿐 쌓아 두지 않았다는 것과, 혼자서 먹지 않고 동무 베짱이들과 나누어 먹었다는 것입니다.

"나 혼자 먹이를 너무 많이 가져가 버리면 다른 벌레들 몫이 적어질지도 몰라. 어쨌든 이 들판엔 나 말고도 많은 벌레들이 살고 있으니 말이야."

이것이 베짱이 생각이었습니다.

그동안에도 개미는 쉬지 않고 일을 했습니다. 개미라고 해서

놀 줄 모르는 건 아니었습니다. 개미는 다만 그런 일은 먹이를 충분히 모아 놓은 다음에 해야 하는 거라고 생각했을 뿐입니다.

"남이 놀 때 같이 놀고 남이 잘 때 같이 자서는 결코 남을 앞설 수 없다. 오늘 부지런히 일하면 내일 편히 쉴 수 있다."

이것이 개미 생각이었습니다.

이윽고 여름이 가고 가을이 왔습니다. 개미는 막바지 먹이 모으기에 온 힘을 다했습니다. 행여 주춤거리다가는 얼마 남지 않은 먹이를 남이 다 차지해 버릴지도 모른다는 생각에 더 조바심이 났습니다. 개미는 들판 구석구석을 이 잡듯 뒤지며 악착같이 먹이를 모았습니다. 드디어 더 모을 수 없을 만큼 많은 먹이를 모은 개미는 먹이를 모조리 곳간에 넣고 자물쇠로 굳게 채웠습니다.

마침내 가을이 가고 겨울이 왔습니다. 베짱이는 모아 둔 먹이가 없었기 때문에 들판에 흰 눈이 덮이자 살길이 막막했습니다. 배고픔과 추위를 견디다 못한 베짱이는 하릴없이 개미를 찾아갔습니다.

"네가 쌓아 둔 먹이를 좀 나누어 다오."

개미는 베짱이 잘못을 깨우쳐 주려고 물었습니다.

"내가 여름내 부지런히 일하는 동안 너는 뭐 했지?"

"그야, 다른 베짱이들을 즐겁게 해 주려고 노래하고 춤췄지."

개미는 다시 물었습니다.

"그럼 겨울 채비로 먹이를 모아 두지 않고 뭐 했니?"

"아 그건 말이지, 사실은 나도 겨울이 닥치기 전에 먹이를 모으려고 했단다. 하지만 들판에 나가 보니 아무것도 없더라."

"뭐라고? 그게 무슨 소리야?"

"아직도 모르겠니? 먹을 만한 걸 네가 죄다 긁어 갔기 때문이지."

그 말을 들은 개미는 몹시 부끄러워하며 말했습니다.

"듣고 보니 내 욕심이 지나쳤군. 들판에 있는 먹이가 다 내 것이 아니란 걸 미처 몰랐어."

그러고는 베짱이와 사이좋게 먹이를 나누어 먹었습니다.

여기까지 듣고서 고개를 갸웃거리는 여러분에게 말해 주겠습니다. 이 이야기는 우리가 아는 '그 이야기'와 다르지만, 이것이 '원본'인지 의심할 필요는 없습니다. 이야기는 언제나 사람의 본성을 거스르지 않는 법이니까요.

‘원본’ 박쥐 이야기

여러분은 날짐승과 길짐승 사이에서 왔다 갔다 하다가 외톨이가 되었다는 박쥐 이야기를 알고 있습니까? 그 이야기를 들은 사람은 다들 이렇게 말하지요.

“박쥐가 그렇게 된 건 줏대 없이 간에 붙었다 쓸개에 붙었다 한 죗값이지.”

하지만 내가 아는 이야기는 그것과 다르답니다. 어떻게 다르냐고요? 이제부터 그 이야기를 하지요.

먼 옛날, 세상 모든 짐승들은 서로 어울려 사이좋게 살았습니다. 그런데 언제부터인가 날짐승과 길짐승 사이가 나빠지기 시작하더니, 마침내 편을 갈라 서로 싸우기 시작했습니다. 처음에 싸움을 부추긴 것은 독수리와 사자라는 말도 있지만, 어쨌든 한번 싸움이 벌어지자 두 무리 사이는 점점 나빠져 돌이킬 수 없는 지경이 되었습니다.

두 무리는 끊임없이 서로를 미워하고 욕하며, 제 무리 가운데서 '온건파'들을 찾아내어 벌주었습니다. 날짐승 중에서 "길짐승은 우리 형제다. 싸우지 말자"고 말한 개똥지빠귀가 반역자로 몰려 처형되었습니다. 길짐승 중에서 "날짐승도 같은 짐승이다. 사이좋게 지내자"고 말한 날다람쥐가 역적으로 몰려 죽임을 당했습니다.

박쥐는 괴로웠습니다. 자기가 어느 편에 들어야 하는지 알 수 없었기 때문입니다. 차라리 자기가 짐승이 아니라 물고기였으면 좋겠다고 생각했지만, 될 수 없는 일이었습니다.

어느 날 박쥐는 날짐승들이 모여 사는 산으로 올라갔습니다. 어쨌든 날짐승들도 동무들이라고 생각했기 때문에 거리낄 것은 없었습니다. 과연 날짐승들은 박쥐를 반갑게 맞아 주었습니다.

"우리 날짐승들은 박쥐의 영웅다운 행동에 경의를 보낸다."

날짐승 두목 독수리가 엄숙하게 말하고, 박쥐를 산꼭대기에 세워 놓은 다음 길짐승 마을인 벌판을 향해 소리쳤습니다.

"이 썩어빠진 길짐승들아, 박쥐가 날짐승의 위대함을 기려 우리 편으로 왔다. 이것만 봐도 우리가 너희보다 낫다는 걸 알겠지?"

그리고 박쥐한테 그 말을 뒷받침할 증언을 하라고 명령했습니다. 박쥐는 마지못해 날짐승은 하늘을 날 수 있어 좋다고 말했습니다. 독수리는 만족해 하며 박쥐에게 '날짐승의 영웅'이란 이름을 내렸습니다.

박쥐는 이 모든 것이 너무나 불편했기 때문에 그곳에 오래 있을 수 없었습니다. 그래서 안개가 낀 어느 날, 산을 내려와 길짐승들이 모여 사는 벌판으로 갔습니다. 어쨌든 길짐승들도 동무들이었기 때문이지요. 길짐승들 또한 박쥐를 뜨겁게 환영했습니다.

"박쥐가 귀순한 것은 우리 길짐승 마을의 경사다."

길짐승 두목 사자가 우렁차게 말하고, 박쥐를 벌판 한가운데에 세워 놓은 다음 날짐승 마을인 산을 향해 소리쳤습니다.

"이 못된 날짐승들아, 박쥐가 길짐승의 훌륭함을 알고 우리 편으로 왔다. 이래도 너희가 우리보다 낫다고 할 테냐?"

그리고 박쥐에게 그 말을 뒷받침할 증언을 하라고 다그쳤습니다. 박쥐는 어쩔 수 없이 길짐승은 튼튼한 다리가 있어 좋다고 말했습니다. 사자는 좋아라 하며 박쥐를 '길짐승의 귀족'에 봉했습니다. 모든 길짐승들이 네 발을 구르며 그 벼슬을 우러렀습니다.

박쥐는 이 모든 것이 두렵고 불편하여 견딜 수 없었습니다. 그래서 흙바람이 부는 어느 날, 다시 벌판을 나와 산으로 올라갔습니다. 그러나 박쥐가 산기슭에 이르기도 전에 날짐승 마을에서 사나운 고함소리가 터져 나왔습니다.

"저 뻔뻔한 반역자를 잡아라!"

그 소리와 함께 독수리 명령을 받은 날짐승들이 날아올라 발톱을 세우고 박쥐에게 달려들었습니다. 그 서슬에 쫓겨 박쥐는 다시 벌판으로 내려왔습니다. 그러나 벌판 가에 이르기도 전에 길짐승 마을에서 성난 외침 소리가 들렸습니다.

"저 엉큼한 역적을 잡아라!"

그 소리와 함께 사자 명령을 받은 길짐승들이 달려 나와 날카로운 이빨을 드러내고 박쥐에게 달려들었습니다. 박쥐는 또 다시 달아날 수밖에 없었습니다.

산으로 갈 수도 없었고 벌판으로 갈 수도 없었기 때문에, 박쥐는 하릴없이 깊은 골짜기로 들어가 어두컴컴한 동굴 속에 숨었습니다. 자기를 지키는 길은 그 길밖에 없었기 때문입니다.

박쥐가 동굴 천장에 매달려 어둠 속에서 외롭고 쓸쓸하게 살게 된 것은 이때부터랍니다.

이것이 내가 아는 박쥐 이야기의 전부입니다. 슬픈 이야기이긴 하지만, 생각해 보면 아주 희망이 없는 것도 아닙니다. 언젠가 날짐승과 길짐승이 지루한 싸움을 멈추고 다시 손을 잡는다면, 박쥐도 동굴에서 나와 옛날처럼 마음 편히 살 수 있지 않을까요?

'원본' 선녀와 나무꾼

옛날에 '선녀'라는 처녀가 살았습니다.

선녀는 여자로 태어났기 때문에, 여느 여자들과 마찬가지로 바깥나들이를 마음대로 할 수 없었습니다. 그래서 밖에 나갈 일이 있으면 남의 눈을 피해 밤중에 몰래 나가곤 했지요.

그날도 달빛 밝은 밤을 틈타 선녀는 언니들과 함께 고개 너머 골짜기에 목욕을 하러 갔습니다. 그리고 그 뒤에 일어난 일은 우리가 아는 바와 같습니다. 즉, 목욕을 마친 선녀는 옷이 없어진 것을 알았고, 언니들이 다 집으로 돌아간 뒤에도 혼자 남아서 옷을 찾다가 한 나무꾼을 만나게 되지요. 그러나 이다음부터 이야기는 우리가 아는 것과 다릅니다.

낯선 나무꾼은 선녀를 보고 말했습니다.

"선녀같이 아름다운 분이 여기서 뭘 하시오?"

"옷을 잃어버려서 찾고 있답니다."

"미인이 난처한 일을 당했는데 모른 체할 수야 없지. 내가 도와주겠소."

나무꾼은 여기저기 뒤진 끝에 드디어 바위틈에서 옷을 찾아냈습니다.

"이 옷이 당신 것이오?"

선녀는 기뻐하며 그렇다고 말했습니다.

"예쁜 옷이군요. 비록 당신의 아름다움에는 미치지 못하지만 말이오."

선녀는 이 예의 바른 나무꾼이 마음에 들었습니다. 그래서 그 뒤로도 남의 눈을 피해 달밤에 나무꾼과 자주 만났습니다. 만날수록 둘의 정은 깊어만 갔습니다. 그러나 꼬리가 길면 밟히는 법, 얼마 안 가 동네방네 소문이 나고, 선녀는 집에서 쫓겨나는 신세가 되었습니다.

"처녀 몸으로 외간 남자를 만나다니, 집안 망신시키는 자식은 자식도 아니다. 당장 나가거라."

쫓겨난 선녀는 보퉁이를 안고 나무꾼 집을 찾아갔습니다.

'나무꾼은 선녀를 반겨 맞아 주었습니다. 둘은 조촐하게 혼례를 올리고 소담한 신접살림을 차렸습니다' 이렇게 이야기가 펼쳐진다면 얼마나 좋을까요. 하지만 세상일은 바라는 대로 되지 않을 때가 많지요.

선녀가 나무꾼 아내가 되어 그 집에서 산 것은 사실입니다. 하지만 나무꾼은 더는 친절하고 예의 바른 남자가 아니었습니다. 밖에서 만날 때와 달리, 집안에서는 무례하고 거만한 폭군이었습니다.

게다가 나무꾼은 바람둥이이기까지 해서, 허구한 날 밖에서 다른 여자들을 따라다니느라 정신이 없었습니다. 전에 선녀에게 그랬던 것처럼 달콤한 말 몇 마디씩 흘리면서 말이지요. 그러느라고 일에는 소홀하여 먹고사는 건 오롯이 선녀 몫이었지만 불평할 수도 없었습니다. 불평이라도 했다가는 시어머니 불호령이 날아왔기 때문입니다.

"여편네가 오죽 못났으면 서방이 밖으로 돌까. 자기 허물은 모르고 입만 살아서, 쯧쯧."

선녀는 고된 집안일과 시어머니 잔소리에 시달리며 하루하루 힘든 삶을 이어 갔습니다.

아이가 생기자 고생은 몇 배나 더 심해졌습니다. 그래도 선녀는 이를 악물고 견뎠습니다. 어쨌든 자기가 감당해야 할 몫이라고 여겼으니까요.

그러나 어느 날 남편한테 지난 이야기를 들은 뒤로는 마음이 달라졌습니다. 술에 취한 남편이 이렇게 털어놓았던 것입니다.

"그때 내가 당신을 어떻게 만났는지 알아? 내 동무 '노루'란 녀석이 말이야, 노름판에서 빚을 지고 건달에게 쫓기는 걸 살려 줬더니 은혜를 갚는다면서 당신네 자매 목욕하는 곳을 가르쳐 주데."

그러더니 지나가는 말처럼 덧붙였습니다.

"그때 내가 옷을 일부러 감추어 둔 것도 모르고 당신은 감지덕지하더군. 흐흐흐."

조금 남아 있던 정나미마저 다 떨어져 버린 선녀는 반드시 이 지긋지긋한 집을 나가야겠다고 마음먹었습니다. 그러나 틈이 없었습니다. 의심 많은 남편과 시어머니가 날마다 눈을 시퍼렇게 뜨고 지켜보았기 때문입니다.

세월이 흘러 선녀는 아이 셋을 낳았습니다. 그러자 감시가 좀 느슨해졌습니다.

"노루 녀석은 아이 넷 낳을 때까지 풀어 주지 말라 했지만, 셋이나 넷이나 그게 그거지. 이젠 좀 풀어놔도 될 것 같아."

이런 혼잣말과 함께 말이지요. 바로 그 틈을 타서, 선녀는 아이 셋을 데리고 그 집을 나왔습니다. 아이 하나는 업고 하나는 안고 하나는 걸린 채, 선녀는 마치 날개옷이라도 입은 것처럼 훨훨 나는 듯이 걸어서 친정 마을로 돌아왔습니다.

'친정으로 돌아온 선녀는 친정 식구들과 함께 행복하게 살았습니다' 이렇게 이야기를 끝낼 수 있다면 얼마나 좋을까요. 그러나 현실은 꿈을 외면할 때가 많지요.

친정아버지는 집안 망신시킨 자식이 무슨 낯으로 돌아왔느냐며 선녀를 집에 들이지 않았습니다. 선녀는 하릴없이 친정집 옆에 오두막을 짓고 아이들을 키우며 살았습니다. 무슨 일이든 가리지 않고 삯바느질이며 품팔이, 허드렛일 따위를 억척스럽게 하여, 네 식구가 그럭저럭 살 만큼 살림을 일구었습니다.

하루는 거지꼴이 된 남편이 찾아왔습니다.

"미안하오. 내 이제부터 새사람이 될 터이니 부디 지난 일은 잊고 나를 받아 주구려."

알고 보니 선녀가 떠난 뒤 나무꾼은 살림이 거덜 나 입에 풀칠하기도 어려운 형편이 됐나 봅니다. 이번에도 노루 도움으로 선녀가 사는 곳을 알아내어 찾아왔다는 것입니다.

선녀는 내키지 않았지만 거지가 된 사람을 내쫓을 수도 없어 집에 들였습니다. 그러나 그 소식을 들은 친정아버지가 저런 빈털터리 날건달을 사위 삼을 수 없다며 노발대발하였습니다.

"나하고 내기를 해서 이긴다면 모를까, 어림도 없다."

내기는 한 달 동안 누가 돈을 더 많이 버는지 겨루자는 것이었습니다. 도저히 장인어른을 이길 수 없다며 울상이 된 남편을 위해, 선녀는 그동안 뼈 빠지게 일해서 모아 놓은 돈을 선뜻 내놓았습니다. 덕분에 나무꾼은 장인을 이기고 아내와 아이들과 함께 살 수 있게 되었습니다.

하지만 그 만남도 오래가지 못했습니다. 어느 날 나무꾼이 갑자기 어머니가 보고 싶다며 노자를 두둑이 챙겨 집을 나간 뒤 다시는 돌아오지 않았기 때문입니다.

선녀는 오늘도 아이들과 함께 꿋꿋하게 살아가고 있습니다.

'원본' 양치기 소년

옛날 어느 마을에 마음씨 착하고 정직한 양치기 소년이 살았습니다.

그 마을 땅임자이자 마을을 다스리는 촌장은 마을 사람들을 밤낮으로 부려 먹고 많은 세금을 물렸습니다. 그러자 살기가 너무 힘겨워 마을을 떠나는 사람이 생겼고, 그 수는 점점 늘어났습니다. 드디어 마을에는 빈집이 여럿 생기고 사람 수도 크게 줄어들었습니다.

세금이 줄어들 것을 걱정한 촌장은 거짓 이야기를 지어내어 퍼뜨렸습니다.

"이 마을을 둘러싼 산에는 눈에 빨간 불이 철철 흐르고 머리에 뿔 난 늑대들이 있는데, 사람이고 짐승이고 보는 족족 잡아먹는다. 먼저 마을을 떠난 사람들도 다 늑대한테 잡아먹혔다."

이야기는 곧 입에서 입으로 퍼져 나갔고, 흉흉한 소문은 사람들 마음속에 두려움을 키우며 점점 더 기세를 떨쳤습니다. 그러자 마을을 떠나는 사람들 발길이 주춤해지고, 온 마을은 쥐죽은 듯 조용해졌습니다.

하지만 어디에나 용감한 사람은 있는 법입니다. 젊은이 두 사람이 용기를 내어 뒷산을 넘어 갔다가 아무 탈 없이 돌아온 다음, 어쩌면 늑대 같은 건 없는지도 모른다는 말이 마을에 돌기 시작했습니다. 촌장은 젊은이들이 다만 운이 좋았을 뿐이라고 말했지만, 한번 번지기 시작한 소문은 좀처럼 숙질 줄 몰랐습니다. 다시 마을에는 웅성거림이 퍼지고, 마을을 떠나려는 발길도 분주해졌습니다.

다급해진 촌장은 또 일을 꾸몄습니다. 마음씨 착하고 정직하여 무엇이든 곧이곧대로 하는 양치기 소년을 불러 단단히 일렀습니다.

"양을 칠 때는 잠시도 한눈팔지 말고 잘 살펴라. 늑대가 나타나면 반드시 '늑대다! 늑대가 나타났어요!' 하고 크게 외쳐야 한다. 늑대가 어떻게 생겼는지는 잘 알고 있겠지?"

이튿날, 촌장은 눈이 빨갛고 머리에 뿔 난 늑대 탈을 뒤집어쓰고 슬그머니 양떼 사이로 숨어 들어갔습니다. 맡은 일을 소홀히 하는 법이 없는 양치기 소년은 당연히 그 모습을 보았고, 크게 놀라 목청껏 외쳤습니다.

"늑대다! 늑대가 나타났어요!"

외침 소리를 들은 마을 사람들은 저마다 몽둥이를 들고 달려왔습니다. 하지만 마을 사람들이 달려왔을 때는 이미 늑대가 모습을 감춘 뒤였습니다.

"정말로 늑대를 보았느냐?"

"예, 틀림없이 눈이 빨갛고 머리에 뿔 난 늑대를 보았습니다."

그러나 늑대를 찾을 수 없었기 때문에 마을 사람들은 그냥 집으로 돌아갔습니다.

며칠 뒤, 똑같은 일이 한 번 더 벌어졌습니다. 이번에도 몽둥이를 들고 달려온 마을 사람들은 늑대를 찾지 못했고, 가슴을 쓸어내리며 그냥 집으로 돌아갔습니다.

며칠 뒤, 양치기 소년은 또 늑대를 보았습니다. 그러나 정직한 만큼 용감하기도 했던 소년은 겁에 질려 소리치는 대신 늑대를 향해 지팡이를 휘두르며 달려들었습니다. 그리고 잠시 뒤, 쓰러진 늑대 탈을 벗기고 낯익은 사람 얼굴이 나타나는 것을 보았습니다.

"아니, 촌장님!"

그 뒤에 일어난 일은 나도 잘 모릅니다.

다만 소년이 다시는 마을로 돌아올 수 없었다는 것은 우리 모두가 아는 바와 같습니다. 촌장은 양치기 소년에게 모든 허물을 뒤집어씌우고, 소년이 늑대에게 물려 죽었다는 거짓 소문을 퍼뜨렸습니다. 그리고 소년의 죽음은 거짓말을 한 죗값이라는 말도 덧붙였습니다.

이것이 내가 여러분에게 들려줄 수 있는 '원본' 양치기 소년 이야기의 전부입니다.

그런데 이야기를 끝내고 보니 한 가지 마음에 걸리는 게 있습니다. 안타깝게도 나는 견문이 그리 넓지 못한 탓에, 실제로 거짓말을 일삼다가 믿음을 잃은 또 다른 양치기 소년이 내가 모르는 곳에 있었는지는 알 길이 없습니다. 그러니 여러분은 부디 이 이야기만이 세상에 하나뿐인 진실이라고 믿지는 마십시오.

'원본' 임금님 귀는 당나귀 귀

옛날 옛적에 한 임금이 있었습니다. 어느 날, 임금은 거울을 보다가 깜짝 놀랐습니다. 귀가 말 귀처럼 길쭉해진 것입니다. 임금은 가슴이 철렁 내려앉았습니다.

"이런, 이게 무슨 변고지? 그동안 내가 거짓말을 너무 많이 해서 귀가 길어진 겐가? 어쨌든 이건 숨기고 볼 일이야. 백성들이 아는 날엔 내 체면이 말이 아니게 될 테니까. 어쩌면 반란이 일어날지도 몰라."

임금은 헝겊으로 귀를 친친 동여맸습니다. 그리고 그 위에 커다란 관을 푹 눌러썼습니다. 목욕을 하거나 잠잘 때 말고는 결코 관을 벗지도 헝겊을 풀지도 않았습니다.

덕분에 비밀은 잘 지켜졌습니다.

그러나 세상일에는 반드시 생각지도 못한 허점이 있게 마련이어서, 관이 부서지는 것은 아무리 임금이라도 어쩔 도리가 없었습니다. 부서진 관을 고치려면 복두장이를 불러 맨머리를 보여 주어야만 했습니다. 하릴없이 임금은 복두장이를 궁궐 안으로 불러들였습니다.

여기까지 듣고서 "뭐야? 내가 아는 이야기랑 똑같잖아?" 하고 화를 내지는 마십시오. 장담하건대 이제부터 이야기는 여러분이 아는 것과 조금 다르게 흘러갈 것입니다. 그러니 조금만 참고 이야기를 더 들어 주시렵니까?

어쩔 수 없이 맨머리를 드러내야 할 형편이었지만, 임금은 매우 의심 많은 사람이어서 함부로 귀를 내놓지는 않았습니다. 귀를 동여맨 헝겊은 절대로 풀지 않았으며, 행여 귓바퀴 끄트머리라도 보일세라 거울을 보고 또 보았습니다. 그런 다음에야 임금은 복두장이를 불러 관을 벗어 주었습니다.

"이 관을 사흘 안에 고쳐 오너라."

그러는 동안에도 임금은 마음을 놓지 않고, 복두장이가 조금이라도 의심하는 눈빛을 띠지나 않는지 세심하게 살폈습니다. 다행히 복두장이가 의심하는 기색은 없었으므로 임금은 마음 놓고 복두장이를 내보냈습니다. 그리고 사흘 뒤, 복두장이가 고쳐 온 관도 마음 놓고 받아서 썼습니다.

그런데 날이 갈수록 임금은 께름칙한 마음을 떨칠 수가 없었습니다. 혹시 복두장이가 모든 걸 다 알고도 모르는 척 시치미 떼는 게 아닐까 하는 의심이 생겼기 때문입니다. 그런 생각이 한번 드니 건잡을 수가 없었습니다.

"그러고 보니 복두장이 녀석이 관을 바치고 나갈 때 얼굴에 알 수 없는 웃음을 슬쩍 흘리고 나갔던 것 같기도 해. 녀석은 나라에서 으뜸가는 솜씨꾼이라니, 아무리 헝겊으로 가려도 내 귀 길이를 가늠하는 건 어렵지 않을 수도 있지. 그렇다면 정말 큰일이군. 소문이 퍼지기 전에 무슨 수를 써야 하지 않을까?"

밤새 고민하던 임금은 날이 밝자 답답한 마음을 달랠 겸 나들이를 하기로 마음먹었습니다. 귀는 전보다 더 단단히 동여매고 관은 전보다 더 깊이 푹 눌러쓰고서 말이지요. 드디어 임금은 가마를 타고 궁궐 밖으로 나갔습니다.

가마가 한적한 산길로 접어들어 대나무 숲을 지날 때, 때마침 바람이 불어와 대나무 잎이 서걱거리며 소리를 냈습니다. 다른 사람들 귀에는 그냥 서걱거리는 소리로 들릴 뿐이었지만, 임금 귀에는 그게 예사로 들리지 않았습니다. 마치,

"임금님 귀는 말 귀다!"

하는 것처럼 들렸으니까요. 다시 귀를 기울여 들어 봐도,

"임금님 귀는 말 귀다!"

하는 것 같았습니다.

임금은 깜짝 놀라 가마를 멈추고 따르는 신하들에게 물었습니다.

"여봐라, 방금 무슨 소리를 못 들었느냐?"

"무슨 소리 말씀이옵니까?"

"아, 저 대숲에서 나는 소리 말이다. 정말 못 들었느냐?"

"글쎄요, 댓잎이 서걱거리는 소리라면 저희들도 들었습니다만……."

"아니, 그것 말고 임금님 귀 어쩌고 하는 소리 말이다."

"예? 임금님 귀가 뭐 어쨌다고요?"

"에잇, 바보 같은 것들. 그래 '임금님 귀는 말 귀'라고 외치는 소리도 못 들었단 말이냐?"

"예? 예……. 아이고, 황송하옵니다."

임금은 분을 참을 수 없었습니다. 그래서 급히 가마를 돌려 궁궐로 돌아갔습니다. 그리고 이튿날, 날이 밝자마자 힘센 병사들을 많이 보내 복두장이 영감을 잡아들였습니다. 복두장이는 영문을 모르고 잡혀 와 임금 앞에 엎드렸습니다.

"네 이놈, 바른대로 대렷다. 비밀을 누설한 놈이 바로 너지?"

"예? 황공하오나 무슨 말씀이신지……."

"예끼, 고얀 놈. 비밀을 알 만한 놈은 너뿐인데도 시치미를 떼느냐?"

"무슨 비밀을 말씀하시는 것인지……."

"내 귀를 두고 하는 말이니라. 그래도 잡아뗄 작정이냐?"

"예? 임금님 귀가……, 황송합니다만 귀가 어떻다는 말씀이신지요?"

"내 귀를 말 귀라고 소문낸 자가 바로 너 아니면 누구란 말이냐?"

복두장이는 모두 처음 듣는 얘기였으므로 어안이 벙벙하여 "어, 어……" 할 뿐이었습니다. 의심 많은 임금은 그렇게 말을 더듬는 것이 바로 거짓말하는 증거라고 생각했습니다. 그래서 복두장이를 옥에 가두고, 다시는 아무 말도 못 하게 입을 꿰매어 버렸습니다. 그리고 대숲의 대나무는 모두 베어 버리라고 명령했습니다.

며칠이 지났습니다. 겉으로는 아무 일도 없는 듯이 보였습니다. 그러나 임금은 매우 의심 많은 사람이어서 쉽사리 마음을 놓지 않았습니다. 소문이라는 게 한번 나면 쉽게 숙지지 않는다는 것도 너무나 잘 알고 있었습니다. 그것을 확실하게 알아보려면 아무래도 직접 나서서 알아보는 것이 가장 좋겠지요. 임금은 가마를 타고 궁궐 밖으로 나갔습니다.

임금이 탄 가마가 호젓한 산길로 접어들자 때맞춰 바람이 세게 불어왔습니다. 바람 때문에 온갖 나무와 풀 들이 한꺼번에 서걱거리는 소리를 냈습니다. 다른 사람들 귀에는 그냥 서걱거리는 소리일 뿐이었지만 임금 귀에는 그 소리가 마치,

"임금님 귀는 말 귀다!"

하는 것처럼 들렸으니까요. 다시 귀를 기울여 들어 봐도,

"임금님 귀는 말 귀다!"

하는 것 같았습니다.

임금은 소스라치게 놀라 가마를 멈추고 따르는 신하들에게 물었습니다.

"너희들도 분명히 들었으렷다? 방금 저 소리가 어디에서 났느냐?"

"예? 무슨 소리 말씀이십니까?"

"에잇, 바보 같은 것들 같으니라고. '임금님 귀는 말 귀'라고 틀림없이 저쪽에서 소리가 났는데도 못 들었단 말이냐? 당장 가마를 돌려라. 내가 직접 가 봐야겠다."

임금이 간 곳은 전에 대숲이 있던 곳이었습니다. 임금 명령으로 대나무는 다 베어져 없어지고 밑동만 남았는데, 그 그루터기 사이사이에 어린 산초나무가 뾰족뾰족 자라고 있었습니다.

"저 산초나무가 소리를 냈구나. 어서 저 괘씸한 것을 모조리 베어 버려라!"

신하들이 달려들어 어린 산초나무를 다 베어 내자, 푸르던

숲은 드디어 붉은 맨땅이 되었습니다. 맨땅에는 바람이 불어도 흙먼지만 일 뿐 소리가 나지 않으니, 임금은 한 가지 걱정을 덜었습니다.

하지만 임금은 매우 의심 많은 사람이어서 궁궐로 돌아가자마자 다시 명령을 내렸습니다. 복두장이 식구들과 이웃들, 친척들을 모두 잡아들여 옥에 가두고 입을 꿰매어 버렸습니다. 혹시 복두장이가 내뱉은 말을 들었을지도 모르는 사람들 입까지 막아 두지 않으면, 어느 틈에 비밀이 새어 나갈지 모른다고 생각했기 때문입니다.

임금은 그래도 못 미더워 한 가지 명령을 더 내렸습니다. 나라 안 어느 백성도 '말 귀'라는 말을 절대로 입에 올리지 못하게 한 것입니다. 또 '임금님'이란 말과 '말'이라는 말을 절대로 한 문장 안에 쓰지 못하게 하는 법도 만들었습니다. 이로써 나라 안에는 '임금님 귀는 말 귀'라는 말이 아주 깨끗이 사라졌습니다.

하지만 백성들은 '말' 대신에 '당나귀'를 넣어 다음과 같은 얘기를 주고받았습니다.

"우리 임금님 귀는 당나귀 귀라며?"

"그렇다더군. 임금님이 제 입으로 한 말이니 틀림없겠지."

"그런데 그게 뭐 어쨌단 말인가? 귀가 당나귀 같으면 어떻고 아니면 또 어떻다고?"

"그러게 말일세. 임금님만 가만히 있었으면 아무 일도 아니었지."

이로써 '임금님 귀는 당나귀 귀'라는 사실이 온 세상에 알려졌고, 이야기에 실려 훗날까지 전해졌다고 합니다.

'원본' 우물 안 개구리

어느 외진 골짜기 우물 안에 개구리 여러 마리가 살고 있었습니다. 그 우물은 사시사철 맑은 물이 솟아나고 물풀과 물벌레도 알맞게 있어 개구리들이 사는 데 불편함은 없었습니다.

그런데 그중 한 개구리가 어느 날 우물 밖으로 나갔습니다. 그 개구리로 말할 것 같으면 평소에도 늘 우물 안이 답답하다고 불평을 늘어놓던 녀석이었지요. 아무튼 이 일로 우물 안 개구리들은 잠깐 동안 술렁였지만 곧 잊고 예전처럼 살았습니다.

세월이 흐른 어느 날, 우물 안 개구리들은 밖에서 들려오는 낯선 목소리를 들었습니다.

"어이, 오랜만이군. 그동안 잘들 지냈나?"

모두 놀라 소리 나는 곳을 쳐다보자, 웬 개구리 한 마리가 우물 전을 딛고 아래를 굽어보고 있었습니다.

"나야, 나. 설마 나를 잊은 건 아니겠지?"

그제야 개구리들은 알아차렸습니다. 오래전 우물을 떠난 개구리가 다시 찾아왔다는 것을요. 개구리들은 모두 이 '돌아온 개구리'를 진심으로 반겨 맞아 주었습니다.

우물 밖에 나갔다 온 개구리는 으쓱대며 바깥에서 보고 들은 이야기를 들려주었습니다.

"바깥세상은 말이야, 이 좁은 우물 안과는 천지 차이라 할 수 있지. 너희들은 여태 어둠 속에서 살아온 거나 마찬가지야."

우물 밖 개구리가 들려준 이야기는 다 신기했지만, 그중 가장 놀라운 것은 바깥세상 개구리들이 타고 다닌다는 '바퀴가마'와, 싸울 때 쓴다는 '번개망치'였습니다. 우물 밖 개구리는 그것들을 이렇게 설명했습니다.

"바퀴가마는 신성한 탈것이지. 그걸 타면 가고 싶은 곳은 어디나 갈 수 있다니까. 다리 한 번 움직이지 않고서 말이야. 또 번개망치는 뭐든지 부서뜨릴 수 있는 멋진 무기지. 이 우물 따위는 한 방에 부서뜨려 버릴걸. 뭐, 평생 우물 안에 갇혀 산 너희들이야 이해조차 못 하겠지만……."

우물 안 개구리들이 그 말을 이해하지 못하는 건 사실이었습니다. 도대체 어디든지 가는 탈것이나 무엇이든 부서뜨리는 무기 같은 게 왜 있어야 하는지, 성한 다리를 두고 왜 그런 걸 왜 타며, 뭘 만드는 것도 아니고 부서뜨리는 데 왜 그런 무시무시한 연장을 쓰는지 도무지 알 수가 없었습니다. 하지만 그런 걸 물어보면 핀잔만 들을 것 같아서 우물 안 개구리들은 잠자코 있었습니다.

우물 밖 개구리는 또 바깥세상 개구리들 울음소리도 열을 올려 이야기해 주었습니다.

"너희들은 아직도 '개굴개굴' 하고 울겠지? 문명 세상 개구리들은 그렇게 촌스럽게 울지 않아."

"그럼 어떻게 우니?"

"캐구울르 캐구울르, 이렇게 혀를 굴리며 우는 게 문명개구리들 울음법이지. 너희들도 늦기 전에 배워 두는 게 좋을 거야. 그렇지 않으면 바깥세상에 나가도 바보 벙어리 되기 딱 좋을 테니까. 뭐, 평생 이 안에서 썩을 작정이라면 또 모르지만."

우물 밖 개구리는 우물 안 개구리들이 그동안 세상모르고 미개하게 살아온 걸 부끄러워해야 한다며, 자기가 우물 안을 '개화'시켜 주겠다고 말했습니다. 그리고 제 마음대로 '지도자'가 되었습니다.

지도자가 된 우물 밖 개구리가 어떤 횡포를 부렸는지 여기서 자세하게 이야기하지는 않겠습니다. 다만 어느 날 용감한 우물 안 개구리들 몇이 금지된 법을 어기고 몰래 우물 밖으로 나가 보았다는 얘기는 안 할 수가 없겠네요.

그 개구리들은 우물 밖으로 나가 보고서야 알았습니다. 우물 밖에도 자기네 우물과 비슷한 우물들이 많다는 것을요. 큰 우물, 작은 우물, 깊은 우물, 얕은 우물, 동그란 우물, 네모난 우물, 시끄러운 우물, 조용한 우물……, 그 많은 우물 안에서 들려오는 개구리 울음소리도 제각각이었습니다.

"깨구르르르, 깨구르르르……."

"개개골, 개개골……."

"개구르응, 개구르응…."

"캐코로로로, 캐코로로로…"

우물 밖 개구리 '문명 세상'이라던 곳은 다만 그 가운데 한 우물일 뿐이었고, '문명개구리 울음법'이라던 '캐구울르, 캐구울르' 또한 그 우물 안에서 들려오는 울음소리일 뿐이었습니다.

아참, 바퀴가마와 번개망치도 바로 그 우물 안에 유난히 많더라는 이야기를 빠뜨릴 뻔했군요.

‘원본’ 소가 된 게으름뱅이

옛날 어느 부잣집에 머슴이 있었습니다.

머슴은 날마다 부지런히 일을 했습니다. 하지만 가끔 몸이 아프거나 힘들어 지칠 때면 하루 이틀 쉬기도 했습니다. 생일날이나 명절날이 되어도 일손을 놓고 쉬었습니다. 일하는 사이사이에도 잠깐씩 쉬었습니다.

그것을 본 주인이 말했습니다.

“천하에 게으름뱅이 같으니라고!”

그날부터 머슴은 ‘게으름뱅이’가 되었습니다. (게으름뱅이로 몰렸습니다.)

하루는 머슴이 일하다가 배가 아파 뒷간에 들락거리는 것을 본 주인이 말했습니다.

"하여간 머슴들은 잘해 주면 게으름을 피운다니까. 저런 쓸모없는 녀석은 다른 집에 넘겨 버리는 게 상책이렷다."

이튿날, 주인은 머슴을 데리고 이웃 마을 부잣집에 갔습니다.

"이 머슴을 댁에 넘길 테니 그 값으로 쌀 한 섬만 주시려오?"

마침 일손이 모자라 애를 먹던 이웃 마을 부자는 선선히 그러자고 했습니다. 주인은 머슴을 건네며 넌지시 일렀습니다.

"이 녀석은 게으름뱅이요. 가만히 두면 일을 안 할 테니 아예 소로 만들어 버리시오. 소처럼 호되게 부려 먹으란 말이오."

그리고 덧붙였습니다.

"자고로 머슴들은 배가 부르면 게으름을 피우는 법이니 밥은 안 굶어 죽을 만큼 조금씩만 주시오. 명심하시오, 굶다가 갑자기 많이 먹으면 죽는 수도 있다는 걸."

그래서 '게으름뱅이'는 '소'가 되었습니다. (소처럼 힘들게 일을 해야만 했습니다.)

새 주인은 과연 지독했습니다. 잠시도 쉴 틈을 주지 않고, 이른 새벽부터 밤늦게까지 고된 일을 시켰습니다. '소'가 된 머슴은 몸이 아파도 힘들어 지쳐도 쉴 수 없었습니다. 심지어 생일날이나 명절날에도 일을 해야만 했습니다. 일하는 사이사이 잠깐씩 쉬기라도 하는 날에는 호되게 혼이 났습니다. 매를 맞고 밥을 굶는 일도 예사였지요.

머슴은 너무 힘들고 괴로워서 견딜 수가 없었습니다.

"이렇게 사느니 차라리 죽는 게 낫겠다."

머슴은 문득 옛 주인이 '굶다가 갑자기 많이 먹으면 죽는 수도 있다'고 한 말이 생각났습니다.

"그래, 뭐든 먹고 죽어 버리자."

하지만 집 안에는 머슴이 먹을 만한 것이 아무것도 없었습니다. 머슴은 밤중에 주인 눈을 피해 밖으로 나갔습니다. 먹을 것을 찾아 헤매다 보니, 마침 들판에 커다란 무밭이 눈에 띄었습니다.

"옳지, 저 무라도 실컷 먹고 죽어야겠다."

머슴은 무를 뽑아 먹으려고 무밭에 들어갔습니다.

그런데 이게 웬일입니까? 무밭에는 사람들이 있었습니다. 그것도 한둘이 아니라 열도 스물도 넘는 많은 사람들이 와 있었습니다.

알고 보니 그이들은 모두 머슴들이었습니다. 이 집 저 집에서 일하는 머슴들이 다들 고된 일과 굶주림을 견디다 못해 밤중에 무밭을 찾아왔던 것입니다.

한자리에서 만난 머슴들은 그동안 겪은 일을 털어놓았습니다. 이야기를 나누다 보니 모두 비슷한 처지란 것을 알게 되었고, 그것은 서로에게 큰 힘이 되었습니다.

"우리 이럴 게 아니라 사람답게 사는 길을 찾아보자."

"그래, 혼자서는 어려운 일도 함께 하면 될지 모른다."

여럿이 뜻을 모으자 힘이 생겼습니다. 모두 그길로 주인들을 찾아가 말했습니다.

"우리는 소가 아니오. 사람대접을 해 주시오."

여럿의 입은 쇠도 녹인다고 했던가요. 끈질기게 입을 모아 요구하니 주인들은 마지못해 좀 더 나은 대우를 해 주었습니다. 소처럼 부려 먹는 대신 사람대접을 해 준 것이지요. 이를테면 일거리도 알맞게 주고, 가끔 쉬게도 해 주고, 밥도 먹을 만큼 주었습니다.

이렇게 해서 '소'가 되었던 '게으름뱅이'는 다시 '사람'이 되었습니다. (다시 사람대접을 받게 되었습니다.)

그리고 '부지런한 사람'이 되어 (부지런히 일한 만큼 대접받으며) 잘 살았더랍니다.

'원본' 토끼와 거북

옛날에 토끼와 거북이 살았습니다. 둘은 저마다 다른 재주로 먹고 살았기 때문에, 서로 겨루거나 다툴 필요가 없었습니다.

그런데 하루는 호랑이가 말했습니다.

"너희 둘이 경주를 해라. 내일 아침 해 뜰 무렵, 강가 풀밭에서 한다. 심판은 내가 봐 주겠다. 누구든지 지는 편이 내 종이 되는 거다."

토끼와 거북은 애당초 경주 같은 것을 할 마음이 없었지만, 말을 듣지 않으면 둘 다 호랑이한테 잡아먹힐 수도 있었기 때문에 고민에 빠졌습니다.

토끼는 생각했습니다.

"나는 거북이보다 빠르니, 경주를 하면 당연히 이길 거야. 하지만 이기면 뭘 해? 거북이가 져서 호랑이 종이 되고 나면, 다음은 내 차례일 텐데."

호랑이는 무슨 구실을 붙여서라도 토끼를 골탕 먹여 후려잡으려고 할 게 뻔합니다. 어쩌면 표범과 경주를 시킬지도 모르지요.

거북은 생각했습니다.

"나는 토끼보다 느리니, 경주를 하면 당연히 지겠지. 토끼를 이기려면 예사 방법으로는 안 될 텐데……. 무슨 좋은 수가 없을까?"

애당초 토끼와 경주를 시킨 건 호랑이 셈법인지도 모릅니다. 거북으로 하여금 뭔가 떳떳하지 못한 방법을 쓰게 하고, 그로써 약점을 잡으려는 속셈 말입니다.

아니나 다를까, 그날 밤 호랑이는 토끼를 찾아가 말했습니다.

"거북이 녀석은 걸음이 너보다 백배는 느리니 힘껏 달릴 것 없어. 도중에 한숨 자고 가는 것도 좋겠지."

그다음에는 거북을 찾아가 말했습니다.

"토끼 녀석은 젠체하느라고 틀림없이 도중에 게으름을 피울 거야. 그사이에 몰래 토끼를 앞지르면 충분히 이길 수 있어."

그리고 혼자 생각했습니다.

"이제 두 녀석 다 내 밥이다. 토끼는 경주에 져서 내 종이 될 테고, 거북이는 나한테 약점이 잡혀 꼼짝 못할 테지."

드디어 이튿날 아침 해 뜰 무렵이 되었습니다. 토끼와 거북은 강가 풀밭에 나란히 섰습니다. 그리고 신호에 맞추어 경주를 시작했습니다. 호랑이는 높은 언덕 위에 올라가 느긋하게 이 경주를 구경했습니다.

토끼는 앞서서 깡충깡충 달려가고, 거북은 그 뒤를 엉금엉금 기어갔습니다. 시간이 흐를수록 토끼와 거북 사이는 점점 더 멀어졌습니다.

이때 앞서가던 토끼가 문득 걸음을 멈추었습니다. 그 자리에 서서 뒤를 돌아보고 하품을 하더니, 이윽고 드러누워 쿨쿨 잠이 들었습니다. 그동안에도 거북은 쉬지 않고 엉금엉금 기어갔습니다. 토끼와 거북 사이는 점점 가까워졌습니다. 언덕 위에서 이 모습을 지켜보던 호랑이는 모든 일이 뜻대로 되어 감을 알고 엉큼하게 웃었습니다.

드디어 거북이 토끼를 따라잡았습니다. 그런데 거북은 잠든 토끼 곁을 지나치는 대신, 그 자리에 멈추어 섰습니다. 그리고 토끼를 흔들어 깨웠습니다.

"토끼야, 일어나. 함께 가자."

그 말에 토끼는 잠에서 깨어났습니다. 그리고 다시 가기 시작했습니다. 그런데 깡충깡충 뛰어가는 대신 거북 곁에서 느릿느릿 걸었습니다. 둘은 함께 걸으며 이야기를 나누었습니다.

"토끼야, 너는 왜 앞서가지 않고 도중에 멈춰서 잠이 들었니?"

"너를 기다리느라고 그랬지. 그러는 너는 왜 나를 지나치지 않고 깨워 주었니?"

"잠든 동무를 두고 혼자 가는 건 도리가 아니지."

둘은 마주 보고 웃었습니다.

"호랑이가 이렇게 경주를 시킨 건 처음부터 우리 사이를 갈라놓으려는 속셈이었어. 그러니까 그 꾐에 빠져선 안 되지."

토끼와 거북은 나란히 걸어서, 함께 결승점에 다다랐습니다. 그리고 둘 다 똑같이 만세를 불렀습니다.

그 모습을 지켜보던 호랑이는 입맛이 몹시 씁쓸했지만 어쩔 도리가 없었습니다.

'원본' 청개구리 이야기

옛날에 말 잘 듣는 청개구리가 살았습니다.

이 대목을 듣고 여러분은 틀림없이 이렇게 말할 테지요.
"말 잘 듣는 청개구리가 아니라 말 안 듣는 청개구리겠지."

하지만 이 이야기는 말 안 듣는 청개구리 이야기가 아니라 말 잘 듣는 청개구리 이야기입니다. 그래요, 어머니 말뿐 아니라 모든 어른들 말을 다 잘 듣는, 아주아주 착한 청개구리 이야기랍니다.

청개구리는 정말로 어른들 말을 잘 들었습니다.

"말을 들어라, 말을 들어. 어른이 뭐라면 말대꾸하지 말고 다 소곳이 들어."

어려서부터 이런 말을 귀에 못이 박히도록 들은 청개구리는 말 잘 듣는 일이 아주 몸에 푹 배었습니다.

"공부해라, 공부해. 빈둥거리지도 말고, 딴생각도 말고 죽자 사자 공부만 해."

그러면 청개구리는 공부를 했습니다. 힘들고 고생스러웠지만 어른들 말을 어길 수는 없었으니까요.

"이겨라, 이겨. 다른 청개구리와 겨뤄서 무조건 이기란 말이야."

그러면 청개구리는 하는 수 없이 그대로 했습니다. 남과 겨루는 일은 괴롭고 피곤한 일이었지만, 어쨌든 어른들이 시키는 일을 안 할 수 없었습니다. 그렇게 겨루어 이기면 상을 받고 지면 벌을 받았지요.

그런데 참 견디기 힘든 것은, 누군가가 이기면 누군가는 반드시 진다는 사실이었습니다. 동무를 적으로 삼지 않고서는 살아남기 힘든 판이었습니다. 하지만 동무를 적으로 삼는 일은 차마 할 짓이 아니었기에, 청개구리는 겉으로만 그러는 척했습니다. 어쩌면 이것이 청개구리가 속속들이 말을 듣지 않은 단 한 가지였는지 모릅니다.

어느 날 청개구리는 동무들과 함께 나뭇잎 배를 타고 강을 건넜습니다. 강 한가운데에 이르렀을 때, 갑자기 비가 쏟아지며 나뭇잎 배가 크게 흔들렸습니다. 청개구리는 동무들과 함께 배에서 내려 헤엄쳐 나가려고 했습니다. 그때 어른들 말소리가 들렸습니다.

"가만히 있어라, 가만히 있어. 움직이지 말고 가만히 있어."

청개구리는 가만히 있었습니다.

시간이 흘렀습니다.

비는 점점 더 많이 내리고 물살은 점점 더 세어졌습니다.

청개구리는 그래도 가만히 있었습니다. 착한 청개구리는 어른들 말을 잘 들어야 하니까요.

시간이 흘렀습니다.

비는 억수같이 쏟아지고 물결은 걷잡을 수 없이 험해졌습니다.

착하디착한 청개구리는 그래도 가만히 있었습니다. 어른들 말을 조금이라도 의심해서는 안 되는 법이니까요.

시간이 흘렀습니다.

폭풍우가 멎었습니다.

그러나 다른 청개구리들은 말 잘 듣는 착한 청개구리를 다시 볼 수 없었습니다.

청개구리 어머니는 강가에 나가 자식 이름을 부르며 슬피 울었습니다.

말 잘 듣는 착한 청개구리도 물속에서 넋이 되어 슬피 울었습니다. 말 잘 들은 것을 뉘우치며 울었습니다.

"차라리 말 안 듣는 청개구리가 될 것을……."

그 뒤로 비만 오면 수많은 청개구리들이 함께 울었습니다. 말 잘 듣다 저세상으로 간 착한 청개구리를 그리며 울었습니다. 뉘우치며, 뉘우치며 울었습니다. 말 잘 들은 것을 뉘우치며, 말 잘 들으라고 다그친 것을 뉘우치며 슬피 울었습니다.

청개구리 울음소리는 온 세상을 가득 메웠습니다.

누군가 시끄럽다고 짜증을 냈지만, 그 소리는 곧 크고 우렁찬 울음소리에 묻혔습니다.

요새도 비만 오면 청개구리들이 웁니다.

말 잘 들은 것을 뉘우치며, 말 잘 들으라고 다그친 것을 뉘우치며 웁니다.

'원본' 콩쥐팥쥐

옛날에 콩쥐라는 아이가 계모와 함께 살았습니다. 계모는 허구한 날 의붓딸인 콩쥐를 구박하고 마구 부려 먹었습니다. 날마다 고된 일을 시키면서 밥도 제때 주지 않고 옷과 신도 제대로 주지 않았습니다. 콩쥐는 늘 헐벗고 굶주리며 살았습니다.

하루는 계모가 잔칫집에 가면서, 콩쥐에게 나무 호미로 자갈밭을 매고 밑 빠진 독에 물을 채우라고 했습니다.

"일을 다 끝내면 잔칫집에 와도 좋다."

콩쥐는 손발이 부르트도록 호미질을 했지만 밭은 너무 넓었습니다. 이때 암소를 몰고 지나가던 사람이 불쌍히 여겨 대신 밭을 매 주었습니다. 또 등이 휘도록 물을 져다 날랐지만 밑 빠진 독에 물이 찰 리 없었습니다. 이때 두꺼비라 불리는 독장수가 지나다가 딱한 모습을 보고 뚫린 구멍을 메워 주었습니다. 덕분에 콩쥐는 해 지기 전에 일을 다 끝냈습니다.

여기까지는 우리가 알고 있는 콩쥐팥쥐 이야기와 크게 다르지 않지요? 하지만 이제부터는 조금 달라집니다.

일을 마친 콩쥐는 잔칫집으로 가다가 개울에서 짚신 한 짝을 잃어버렸습니다. 때마침 새로 고을에 부임하러 오던 원님이 그 짚신을 주웠습니다. 짚신은 걸레 조각처럼 해어져 도무지 사람이 신을 만한 것이 아니었습니다.

"아니, 세상에 이런 험한 짚신이 다 있다니!"

원님은 부임하자마자 짚신 주인을 찾는 방을 붙였습니다. 콩쥐가 방을 보고 원님을 찾아갔습니다.

"제 신을 찾으러 왔습니다."

"너는 어찌하여 이런 험한 신을 신고 있느냐? 자세하게 고하여라."

콩쥐는 그동안 있었던 일을 사실대로 다 아뢰었습니다. 원님은 듣고 나서 계모를 불렀습니다.

"이제부터 콩쥐에게 사람대접을 해 주도록 하시오."

계모는 마지못해 콩쥐에게 더 나은 대접을 해 주었습니다. 밥도 제때 주고 옷과 신도 가끔이나마 주었습니다. 구박하고 괴롭히긴 마찬가지였지만, 은근히 그럴 뿐 전처럼 대놓고 그러지는 못했습니다.

콩쥐 형편이 나아지자 계모는 아니꼬워 견딜 수가 없었습니다. 그래서 어느 날 마을 좌수 집을 찾았습니다. 그곳에는 마을에서 방귀깨나 뀌는 부자들과 벼슬아치들이 모여 있었습니다.

"새로 갈려 온 원이 좀 의심스럽지 않습니까? 콩쥐 같은 게으름뱅이 거지들이나 싸고도니 말입니다."

안 그래도 원님에게 불만이 많았던 부자들과 벼슬아치들은 그 말을 반겼습니다.

"그럼 그렇지, 어쩐지 냄새가 나더라니. 어찌하면 좋겠소?"

계모는 한쪽 눈을 끔쩍하고 나서 말했습니다.

"나한테 맡겨 두십시오. 생각이 있습니다. 그 대신 일이 잘되면 알아서 해 주십시오."

계모는 마을을 돌아다니며 헛소문을 퍼뜨렸습니다.

"새 원님은 역적과 내통했다. 사상이 의심스럽다. 백성들한테서 뇌물도 받았다."

소문은 곧 온 마을에 퍼졌습니다. 보다 못해 원님이 나섰습니다.

"소문은 다 거짓이다. 다만 백성들이 고맙다고 떡과 술을 갖다 준 걸 받은 적은 있다. 지금 생각하니 그것도 받지 말아야 했나 보다."

계모는 더 크게 떠들었습니다.

"그것 봐라, 원님이 뇌물을 받았다고 제 입으로 털어놨다. 쫓아내야 한다."

백성들이 수군거리고, 소문은 더 기세 좋게 퍼져 나갔습니다. 한번 퍼진 소문은 눈덩이처럼 불어나 걷잡을 수 없었습니다.

끝내 원님은 견디지 못하고 자리에서 물러났습니다.

곧 다른 원님이 왔습니다. 이번에 갈려 온 원님은 부임하자마자 콩쥐를 잡아다 매를 쳤습니다.

"너는 공연히 떼를 써서 새어머니를 힘들게 한 죄가 크다."

그리고 계모한테는 다시 콩쥐를 전처럼 부려 먹어도 좋다고 판결했습니다. 또 새 원님은 부자들과 벼슬아치들 세금을 덜어 주고, 그 대신 백성들한테서 돈과 곡식을 곱절로 더 걷었습니다.

부자들과 벼슬아치들은 원님을 구워삶아, 계모를 '마을 공식 소식통'으로 임명했습니다.

여기까지 이야기가 마음에 들지 않더라도 너무 실망하지 마십시오. 왜냐하면 이야기는 아직 끝나지 않았으니까요. 앞으로 마음에 드는 이야기를 우리가 함께 만들어 나갈 수 있을 것입니다.

2017년 10월 10일 1판 1쇄 펴냄 | 2018년 10월 29일 1판 3쇄 펴냄

글쓴이 서정오
편집 김누리, 김로미, 김성재, 박세미, 이경희
디자인 서채홍 | **제작** 심준엽
영업 홍보 안명선, 양병희, 이옥한, 정영지, 조병범, 조서연, 최민용
경영 지원 임혜정, 전범준, 한선희
인쇄와 제본 (주)천일문화사

펴낸이 유문숙 | **펴낸 곳** (주)도서출판 보리 | **출판등록** 1991년 8월 6일 제9-279호
주소 (10881)경기도 파주시 직지길 492
전화 031-955-3535 | **전송** 031-950-9501
누리집 www.boribook.com | **전자우편** bori@boribook.com

잘못된 책은 바꾸어 드립니다.
값 13,000원

보리는 나무 한 그루를 베어 낼 가치가 있는지 생각하며 책을 만듭니다.

ISBN 978-89-8428-980-2 03810

이 도서의 국립중앙도서관 출판예정도서목록(CIP)은 서지정보유통지원시스템 홈페이지 (http://seoji.nl.go.kr)와 국가자료공동목록시스템(http://www.nl.go.kr/kolisnet)에서 이용하실 수 있습니다. (CIP제어번호: CIP2017024723)